RICHARD BEER-HOFMANN
Der Tod Georgs

Roman

Bibliografische Information der Deutschen National-bibliothek. Die Deutsche Nationalbibliothek verzeichnet diese Publikation in der Deutschen Nationalbibliografie; detaillierte bibliografische Daten sind im Internet über http://dnb.d-nb.de abrufbar.

Der Tod Georgs
Richard Beer-Hofmann
Neufassung und Digitalisierung von Peter M. Frey nach dem Original von 1900, unter Beachtung der neuen deutschen Rechtschreibung.

Richard Beer-Hofmann wurde 1866 in Wien geboren und starb 1945 in New York. Er war Dramatiker und Lyriker.

Copyright © 2017 Peter M. Frey
Herstellung und Verlag
BoD - Books on Demand, Norderstedt
ISBN 9783743197435

Kapitel 1

Durch das offene Fenster strich die kühle Nachtluft feucht und regenschwer. Unten auf der Straße hallten Schritte, dann blieb einer stehen und rief herauf: »Paul?« Er trat zum Fenster und lehnte sich weit heraus: »Sind Sie's, Doktor?«

»Ja, kommen Sie doch noch herunter - auf eine Viertelstunde nur, jetzt ist's so schön!«

»Danke - ich bin müde.«

»Wo waren Sie denn heute - bei dem Regenwetter?«

»Nirgends - ich bin auch nicht vom Gehen müde - nur abgespannt vom vielen Sprechen; Georg ist heute gekommen - er wohnt bei mir.«

»Georg?«

»Ja. Bevor er nach Heidelberg geht, will er noch ein paar Wochen hier in Ruhe verbringen.«

»Ja hat er denn nicht mehr seine Assistentenstelle in Berlin?«

»Aber Doktor, lesen Sie denn keine Zeitungen? Georg ist als Professor nach Heidelberg berufen worden!«

»Als Professor!« Der Doktor schwieg eine Weile, dann wiederholte er nochmals nachdenklich: »Als Professor! Bitte gratulieren Sie ihm in meinem Namen!«

»Sie werden ihn ja morgen sehen, Doktor.«

»Der hat's gut!«, sagte der Doktor, und seine Stimme klang neidisch traurig: »Wie er an die Universität kommt, eine Erbschaft - so dass er sich nicht um Lektionen und Stipendien kümmern muss, und ein paar Monate im Jahr reisen kann; kaum ist er Doktor, bekommt er eine Assistentenstelle, und jetzt - nach vier Jahren - eine Professur! Ja, Glück muss der Mensch haben! Woher kommt er denn jetzt?«

»Aus Südtirol. Sie würden ihn kaum erkennen, Doktor, so braun hat ihn die Sonne gebrannt, und einen Vollbart trägt er, und stärker ist er geworden.«

»Ja!« Es klang wie ein Seufzer, »er war ja immer ein hübscher Mensch - also gute Nacht, Paul - und grüßen Sie Georg!«

»Gute Nacht, Doktor!«

Er ging. Paul setzte sich in den weidengeflochtenen Lehnstuhl, der am Fenster stand und sah hinaus. Durch die Zweige der hohen Linden im Vorgarten schimmerte ein lichtes Fenster, und von den dunkeln Massen der Berge brachte der Wind den Duft frischen Heus. ›Glück muss der Mensch haben!‹ Der traurig neidvolle Ton klang in ihm nach. ›Glück!‹ Freilich nicht so, wie der Doktor es meinte. Er horchte auf die ruhigen kräftigen Atemzüge des Schlafenden im Nebenzimmer.

So hätte er sein mögen, wie der! So stark und gesund im Empfinden, wie der da drinnen; und den Willen, den starken Willen, und den Glauben an das, was er wollte, hätte er haben mögen!

Paul stützte den Kopf in die Hand und horchte auf die Schläge der Turmuhr: Zehn Uhr! In der Stille um ihn wurden Geräusche laut: Fenster, die sich klirrend schlossen, das Ächzen von Schlüsseln in Haustoren, irgendwo wurde eine Wirtshaustüre aufgerissen, und man hörte Lachen, Schreien, Gläserklirren, die zorniglallende Stimme eines Trunkenen, und unsicher schlürfende Schritte auf kiesigem Boden. Dann wurde es still, und das Licht, das zwischen den Zweigen schimmerte, erlosch.

Paul stand auf. Jetzt, da seine Gedanken wieder wachgerüttelt waren, hätte er nicht schlafen können. Er wollte sich müde gehen, und er löschte das Licht und schritt die dunkle steile Holztreppe hinunter, auf die Straße.

Auf der Traunbrücke blieb er stehen. Drüben, gegen die Salinen zu, war es dunkel, nur eine weißleuchtende Rauchsäule quoll dicht und träge aus dem hohen Schornstein, hob sich licht von dem Schwarz der Berge, und floss dann in eins mit schweren schwarzgrauen hellgerandeten Wolkenballen, durch deren Spalten das Licht des Vollmonds sich drängte. Auf die hölzerne Brücke fiel der rote Schein der Lampe, die zwischen Sträußen frischer Alpenrosen zu Füßen des heiligen Johannes von Nepomuk brannte. Die weiße Masse der Häuser überragte die runden Wipfel der niederen Bäume in der Allee. Über die hohe Flaggenstange am Brückenkopf, die weißen Mauern und die verflachten Dächer hin, war das Mondlicht in hellen Flecken versprengt; ein unruhig wechselndes Glitzern war auf den Wellen des Flusses, die unter dem gewölbten Brückenbogen an hölzernen Pfeilern weißschäumend aufrauschten.

Er schritt längs des Flusses; die Bänke waren leer und glänzten, noch feucht vom Regen. Hinter sich hörte er Schritte und Geplauder. Wie es näher kam, unterschied er eine Männerstimme, die müde und verschlafen sprach: »Im Sommer - einen Pelzkragen?«

Eine Frauenstimme antwortete: »Die Abende sind kühl.« Nach einer kurzen Pause fragte die Männerstimme wieder, schleppend, mit interesselosem Ton, als wollte sie bloß das Gespräch im Gang halten: »Was ist das eigentlich?« »Französischer Pudel - weißer französischer Pudel.« Es schien eher eine hohe schwankende Kinderstimme als die einer Frau zu sein. Er verlangsamte seine Schritte und ließ die Sprechenden an sich vorbei. Ein Mann und zwei Frauen, deren Züge er im Dunkeln nicht unterschied, dann eine schmächtige Gestalt, die ihn streifte. Im unsichern Licht einer Laterne sah er nur einen seidenhaarigen Pelzkragen, und über einem schmalen blassen Gesicht einen niedern gelben Strohhut mit weißem Band.

Er erkannte sie. Wenn er früh am Morgen in den Wald gegen Laufen ging und auf einer abseits liegenden Bank in einem Buch las, kam sie manchmal an ihm vorbei. Ihr kurzer Schritt wurde dann hastiger, als fühle sie den beobachtenden Blick, mit dem er ihr folgte, bis sie hinter einer Biegung des Weges verschwand. Er wusste selbst nicht mehr, was ihm zuerst an ihr aufgefallen war. Schön war sie ja eigentlich nicht, aber etwas in ihr erinnerte an vieles Schöne. Ein schwacher Schein von entfernter und fremder Schönheit schien über sie zu gleiten.

Wenn ihre schlanke knabenhafte Gestalt, von einem enganliegenden Kleid umschlossen, ruhig dastand, den Kopf leicht zur Seite gewandt, die Hand vor sich hingestreckt auf dem zu hohen Griff des Schirmes ruhend, musste er an Bilder denken, auf denen

Erzengel in stählernem goldtauschiertem Panzer ihr Schwert vor sich hin in den Boden stemmten. Wenn sie dann gegen Mittag auf dem Rückweg an ihm vorbeischritt, hatte sie manchmal den Hut abgenommen und trug ihn in der Hand. Der tiefe Schatten des Waldes und dann wieder verirrte Sonnenstrahlen färbten ihre Wangen und ihr leicht gewelltes Haar. In verstaubten Winkeln eines Antiquitäten-Ladens standen Statuetten von Heiligen, die ihr glichen. Ihre Wangen schienen den matten Glanz von lichtem Holz zu haben - nur auf den Lippen hing blasses Rot, wie leichte flüchtige Übermalung. Das Haar schien dunkel. Weihrauchqualm, der sich schwer in die Flechten legte, und die Flamme geweihter bunter Kerzen, die in Wandleuchtern duftend brannten, hatten es geschwärzt, und nur an wenigen Stellen leuchtete es noch von früherer Vergoldung. Hart und ungefügig bewegten sich ihre hagern Kinderarme, als hätten sie noch nicht gelernt, umarmend sich um den Hals des Geliebten zu schlingen, und ihre verschlossenen knospenden Formen schienen den Tag zu erwarten, an dem die Liebe schwellen und öffnen würde, was jetzt noch verschüchtert schlief.

Vom anderen Ufer des Flusses her schoss ein Lichtstrahl zu ihm herüber, dann fiel schwer eine Türe ins Schloss. Er fuhr auf. Liebte er sie? Nein, er kannte sie ja nicht, und es waren Tage und Wochen vergangen, in denen er sie nicht sah, und kein Verlangen, sie zu sehen, war ihm gekommen. Nur jetzt, wie sie in der Nacht im Vorübergehen ihn streifte, hatte sie wieder Gedanken an Dinge wachgerufen, die ihm lieb waren, nicht sie liebte er, nur das, woran sie ihn erinnerte.

Er kannte auch das sehnsüchtige Empfinden, das manchmal über ihn kam in stillen kühlen Nächten, und dann wiederum an brütend heißen Sommernachmittagen. Dann glitten die Ringe, die sonst ängstlich einen Gedanken an den anderen ketteten, von einander und über kühne pfeilerlose Brücken, die sich schwindelnd wölbten, schritten nachtwandelnd seine Gedanken. Was jeder Tag an stumpfen schläfernden Schichten über seine Sinne gelagert, fiel von ihnen, bis sie nackt und bebend bloß lagen und wenn es sonst seltsam fremder Folgen dunkler Akkorde brauchte, um ihn zu rühren, konnte jetzt das leise Klirren eines Ringes an Glas ihn erschüttern. Die kühlen Tropfen, die sich von den regenfeuchten Blättern zitternd losrangen und seinen Nacken trafen, und die leuchtende Flut zwischen den schwarzen Schatten der Bäume auf dem Wasser, all das konnte ihm dann wie große Schönheit und wie tiefes langersehntes Glück erscheinen.

Er sah zum Himmel auf. Zwischen regenschweren rostbraun gerandeten Wolken schwamm der Mond, und von ihm floss Licht über die Dächer und warf sich von vorspringenden Rinnen jäh zu Boden, die Mauern im Dunkel lassend. Über den feuchten Auen am Fluss lag ein zarter blauer Hauch, der wie lauer Atem aus der Erde in die kühle Nacht zu strömen schien. Hart am Weg wanden sich in dunklem Knäuel Baumstämme - wie Schlangenleiber gefleckt vom Mondlicht, das sickernd durch die Lücken des Blattwerks rann. Drüben am anderen Ufer, wo das Tal sich öffnete, war eine weiße Wolke wie ein mächtiges Schiff zwischen dunkle Berge gebettet. Träg wiegte sie sich über dem dünnen Nebel, der den Talspalt unter ihr füllte, und wie jetzt ein leichter Windhauch von den Bergen her sie traf, lösten sich ihre Ränder und verrannen im Nebel, dass es wie ein breiter Vorhang aus den Wolken herab zur Erde wallte.

Er lehnte an der hölzernen Brüstung und sah hinüber, erwartungsvoll, als müsste jetzt der Vorhang reißen und unendlich Schönes dahinter liegen. ›Glück!‹ Er sprach das Wort nicht, seine Lippen bebten es nur, und er fühlte, wie Sehnsucht ermattend über ihn floss. Glück! Nicht das des helldampfenden Frühlingsmorgens, wo man auf weißem Pferd über braunen lockern Acker reitet, und feuchtduftende Erdkrume zu einem aufsprüht, und alles noch vor einem liegt: Der Tag und das weite Land und das Leben und wo lichte Wolken und leuchtende Flüsse mit einem ziehen.

Und nicht das träge liebesmatte Glück windstiller Sommernachmittage. Wo man in schwülen Lauben verlassener Gärten mit der Geliebten ruht, das Gesicht an ihre Brust geschmiegt, und in jeder Atemwelle, die ihren Busen gegen unsere Wange drängt, dass seine Knospen zitternd unsere liebesfeuchten Lippen streifen, fühlt man Leben; im Duft der reifenden Pfirsiche, im Summen der Bienen und die satten Sinne träumen, und alle Sehnsucht ist eingeschlafen.

Und auch nicht das letzte große todesmutige Glück des Untergangs, wenn eine Sonne in goldene Wolken verblutet und man ein freies prunkendes Sterben ersehnt. Auf hochgetürmtem blaupurpurnem Lager, in königlicher Barke, den Strom zwischen steilen Ufern hinabzutreiben, die Arme weitgebreitet, dass man fühlt, wie in großen ruhigen Wellen Blut aus den Wunden quillt. Und von den hohen Uferrändern sieht stumm auf uns das Leben, aus dem wir ziehen. Männer und Frauen, wie dunkle Schatten auf dem flammenden Abendhimmel gereiht und unser Blick streift sie kaum, denn mit offenen Augen sehen wir in die Nacht, in die wir willig fahren, hinter uns im Strom eine blutige Furche.

Von all dem wollte er nichts. Wovon er träumte, war ein Glück so still und voll Frieden, dass es sich nur wenig von Wehmut und Entsagen schied. Manchmal hatte er es geahnt, wenn er am frühen dämmernden Morgen am Waldrand stand, und in seltsamer Helle, die nicht das Licht der Sonne war, feuchte Wiesen mit schilfumsäumten Teichen, schlanke Birken, und weit von ihm weiße schlafende Höfe lagen. Von den gelben Lilien am Wasser hatte der Morgenwind noch nicht den Tau geweht, und in den unbewegten Teichen fingen sich blasse errötende Wolken wie in matten silbernen Spiegeln. Da hatte er die kühle ruhevolle Schönheit der Dinge gefühlt, über die das Leben noch nicht gekommen war, und sein heißer Atem.

So hätte es sein müssen, das Glück. Ihm war, als wüsste er es nahe, dort drüben hinter den Nebeln, die vor dem Talspalt rannen, und wie sie jetzt rissen, sah er es in weißen Wolken deutlich, ganz deutlich: Ein schmales Hochtal, lichte Wiesen zwischen weißgeballte Berge geengt, die jäh erstarrtes Leben schienen, nicht toter Stein. Große Falter mit feierlich sich breitenden Flügeln schwebten regungslos über hoch und schlankgestielten Blumen, die farblos wuchsen und er wusste, dass sie dunkelten, wenn man ihrer vergaß, und licht und duftend wurden, wenn man lange voll Liebe sich über sie neigte.

Weither vom Ende des Tals, wo die Berge sich schlossen, leuchteten weiße Gewänder, weißer als die weißen Berge und lichten Wiesen ringsum, und er wusste wiederum, dass es so sein musste. Denn über allem, was er sonst sah, so blass es schien, lagen doch noch die warmen dunkelnden Schatten des Lebens. Aber was sich um den dürftigen Leib dort weich und taudurchfeuchtet legte, war ein Sterbekleid und trug das blendende Weiß, zu dem der Tod die Knochen bleicht und in dem vereiste Welten sterben und war Seide, totes seidenes Gespinst von ungeborenen Faltern, und dunkle Falter glitten ruhlos suchend um seinen Saum. Weit in den Nacken zurückgeworfen, als zöge es die schwere Flut der dunklen Haare dahin, war das Haupt. Nichts von dem, was um sie war, konnte sie sehen. Über alles Nahe hinweg ging unter halbgesunkenen Lidern der Blick ihrer Augen, die wie honigfarbener Bernstein leuchteten, zu ihm. Sie schien regungslos und kam doch näher. Mit geschlossenen Füßen glitt sie über die Wiesen, als triebe sie ein leichter Wind ihm zu und wie sein eigner Atem tief und schwer ging, war es ihm, als söge er sie mit jedem Atemzug an sich heran. Und weiße verwehte Blüten von Bäumen, die er nicht sah, schwebten langsam herab und sanken in ihr dunkles Haar und doch nicht Blüten, es musste Schnee sein, denn zwei große Flocken, verästelten weißen Sternen gleich, fingen sich in den langen weichen Wimpern ihrer Augen, und zergingen, und rannen zögernd über ihre heißen Wangen wie große Tränen.

Er fühlte, wie es kühl über seine Wangen glitt, und schrak zusammen. Aber es war nur ein Tropfen von den vielen, die zitternd an den Spitzen der dunkeln Blätter über ihm hingen, und das drüben waren nur Wolken, die sich ballten und verrinnend lösten und was er als Sehnsucht empfand, vielleicht nur die müde Zärtlichkeit, ehe der Schlaf kam. Er fürchtete, ihn zu verscheuchen. Langsam schritt er längs des Wassers zurück, mit schweren schlafdurchtränkten Gliedern, die er trug, als wären sie fremde Last. Unter seinen trägen Schritten wich manchmal der weiche feuchte Kies und sprühte mit leisem gläsernem Klang ins Wasser. Das reiche wogende Drängen seiner Gedanken war vorbei; lässig wiegten sie sich nur zwischen der Frau, die er dort in den Wolken gesehen, und dem Mädchen, das ihn vorhin im Vorübergehen gestreift. Wie sie sich glichen! Wie kam es, dass er der einen die Züge der anderen lieh? War das Liebe, die so begann?

Dann dachte er an nichts mehr, er war nur müde. Er hörte das Hallen seiner Schritte auf der Brücke und merkte, wie glatt die Stange des Geländers war, als er sich auf der dunklen Holztreppe hinauftastete. Auf dem Bettrand saß er nieder und streifte seine Kleider ab. Dann lag er da und fühlte noch, wie gut die kühlen Kissen sich in seinen heißen Nacken schmiegten. Wie mondhell das Zimmer war! Und das da an der Wand war der schwarze Schatten des Fensterkreuzes. Georg schlief da drinnen. Wie ein Gitter von schwarzen Herzen sah das Laub der Linde vor dem Fenster aus. Was das für ein Duft war, den der Wind da durch das offene Fenster trug? Kam der aus dem Garten? Oder waren das frisch gemähte Wiesen auf den Bergen? Er schlief.

Kapitel 2

Die hohen Linden aus dem fremden Garten drängten ihre Zweige hart ans Fenster, und hinter den dünnen roten, von der stechenden Nachmittagssonne durchglühten Vorhängen schien ihr regungsloses Laub ein ehernes Gitter dunkler Herzen. An den zwei anderen Fenstern waren die Läden geschlossen. Aus tiefviolettem schwülem Dunkel hob sich nur das Weiß des Tuchs, das zur Hälfte über den Tisch gebreitet war, und Pfauenfedern, die zwischen verstaubten trockenen Gräsern in einem Bauernkrug auf dem Schrank standen, schimmerten hoch oben. Durch die tiefe Stille kam, wie von weither, ein leiser langgezogen wimmernder Ton. Paul horchte auf: Nicht von unten kam der Ton, es war wohl eine Fliege, die im Nebenzimmer schwirrend summte und rasselnd an die Fensterscheiben schlug. Er schob den Stuhl vom Tisch zurück und stand auf. Wie er durchs Zimmer ging, stöhnte die Diele, als wäre lange niemand über sie geschritten. Er kam auch nur mittags herauf. Scheu und verstohlen aß er dann, und dass er essen konnte, empfand er wie schamloses Unrecht an ihr, die unten seit Wochen sterbend lag. Er sah sich um. Nur sein Sessel war vom viereckigen Speisetisch weggerückt. Fest angeschlossen standen die andern, und er musste an ihre schmalen traurigen Finger denken, mit denen sie sich schwankend fortgetastet von Lehne zu Lehne, bis sie auch dazu zu schwach geworden, und er ihren armen Leib, der immer leichter wurde, aus dem Nebenzimmer hereintrug ans Fenster hin zum großen weidengeflochtenen Lehnstuhl, in dessen roten geblümten Polstern noch der Abdruck ihrer Formen war.

Wie dann die quälend heißen Tage kamen, hatte der Arzt befohlen, dass man sie hinunter in das einzige kühle Zimmer trage, das unten, fast kellerartig, halb versenkt in den Abhang des Hügels war, an dem das Haus lag. Wochen waren seitdem wieder vergangen, und es konnte nur mehr Tage dauern. Er hätte sich an den Gedanken gewöhnen können, dass sie verloren war, so lange wusste er es. In den ersten Tagen des März, am Meer, in Abbazia war sie krank geworden. Er dachte daran, wie er, während im Nebenzimmer die Ärzte berieten, in der Dämmerung an der Glastüre stand, die hinaus auf die Terrasse ging. Dann hatte sich die Tür geöffnet, und ein noch junger Arzt, an dessen vorgebeugte Haltung er sich erinnerte, war herausgetreten. Paul hatte auf ihn zugehen wollen, aber der andere war rascher neben ihm. ›Bleiben Sie‹, hatte er ihm zugeflüstert, ›die Türe ist offen, sie ist misstrauisch und kann uns beobachten‹. Er hatte stehen bleiben müssen wie vorher, das Gesicht an die Scheiben gedrückt, und neben ihm hatte der junge Arzt gestanden, der, wie er, hinaus auf das Meer blickte und leise, die Lippen kaum bewegend, sprach. Erst hinhaltende beruhigende Worte, von kurzen Pausen unterbrochen, erwartend, dass man ihm eine Erklärung erspare, und dann unvermittelt: dass sie verloren sei. Und wie Paul noch immer schwieg, begann der Arzt eifriger zu sprechen, als fürchte er sein Schweigen: Von der Krankheit; dass die Kranke voraussichtlich wenig

Schmerzen leiden würde; und wie er dann den technischen Namen der Krankheit nannte: ›Ein bösartiges Neugebilde‹, schien es Paul, als läge etwas tückisches Hasserfülltes schon im Namen. Und während der Arzt weiter sprach, sah Paul noch immer regungslos hinaus auf die dunklen dichtlaubigen Lorbeerbüsche, die der weiße Wellenschaum, über die steinerne Brüstung herüber, besprühte, auf den alten gebückten Mann, der vor dem hügeligen Beet kniete und lichte, fast weiße, frühe Veilchen mit Matten deckte, um sie vor dem Nachtfrost zu schützen, auf den Saum der fernen Inseln, der am Abendhimmel rötlich in fließende Wolken rann und wie die Worte des Arztes, dessen Gesicht er nicht sah, leise und gleichtönig über die kaum bewegten Lippen kamen, schien es ihm, als spräche sie nicht einer neben ihm, sondern als drängen sie von außen durch die Scheiben zu ihm, fühllos und unbarmherzig, von weit her, aus dem frostigen Nebel und der Nacht, die dort drüben über die Inseln fiel.

Seit damals wusste er es. Aber wie er wusste, dass er auf einer Erde stand, die wirbelnd im weiten Weltenraum rollte, und es dennoch nicht fasste, er hätte sonst schwindelnd taumeln müssen, so wusste er, dass sie sterben müsse, und fasste es nicht.

Er schritt zum Schrank. Aus einem Fach nahm er eine große Schnur lichtwolkiger Bernsteinperlen, die er tags vorher bei einer Trödlerin gekauft. Vielleicht, dass es ihr noch einen Augenblick Freude machen würde, wie sonst, mit ihren schmalen kraftlosen Fingern spielend über die Perlen zu gleiten.

Dann griff er nach einem Buch. Es war ein Band von ›Tausend und eine Nacht‹. In diesen letzten Monaten, wo seine Unruhe ihn jedes andere Buch beiseite werfen ließ, war dies das einzige, das er zu lesen vermochte.

Mit klaren ungequälten Augen sahen die Menschen dieses Buches. Runde scharfgeprägte Gefühle von zweifelloser Geltung bewegten sie. Liebe und Neid und Ehrgeiz, Gier nach Reichtum, und der Wunsch nach dem Besitz von wundervollen köstlichen Dingen.

In gewundenen labyrinthischen Wegen lief ihr Leben, mit dem anderer seltsam verkettet. Was einem Irrweg glich, führte ans Ziel; was sich planlos launenhaft zu winden schien, fügte sich in weise entworfene vielverschlungene Formen, wie die künstlich erdachten, goldgewirkten Arabesken auf der weißen Seide der Gebetsvorhänge. Kein blindes Geschick schlich hinter ihnen und schlug sie tückisch von rückwärts zu Boden. In weiter Ferne, regungslos, mit unerbittlich offenen Augen, harrte ihr Schicksal ihrer. Sie wandelten den Weg zu ihm, wenn sie vor ihm flohen. Wem es bestimmt war, der wurde in Not und niedrig geboren, und mühloser Reichtum fiel ihm in den Schoß. Das Schiff, das ihn und seine Habe trug, zerbarst im Sturm aber die Planke, an die er sich gebunden, trugen die Wellen an die Küste, wo Reichtümer, nicht zu ermessen, seiner harrten, und die Prinzessin, die seinen Namen wusste, denn er war der, den die Weisen bei ihrer Geburt als ihren Gatten in den Sternen gelesen.

So schien es, als könne keinem dieser Menschen

etwas geschehen, denn jedem wurde nur das Schicksal, das ihm bestimmt. Vor dem weisen Fürsten, der sie vor sich gerufen, oder ihren Freunden in schattenkühlen Landhäusern, erzählten sie ihr Leben. Alles Glück und Elend, durch das sie gegangen, flocht sich nun, freude- und trauerlos, ineinander und war nur mehr ein seltsames Geschick, des Aufzeichnens wert. Und was ihnen nach alledem noch bevorstand, war kein hässliches und trauriges Altern. Denn eine ewige fruchtreifende Sonne, die keinen Winter kannte, und das Funkeln kostbarer Juwelen, die ihr Besitz waren, und die glühende Jugend schöner jungfräulicher Sklavinnen, die ihrem Herrn sich willig erschlossen, wärmten und durchsonnten die Kühle ihres Alters.

Er schritt zur Türe. ›Ich hatte ein Mädchen, das ich liebte, zur Frau genommen. Nach sieben Jahren wurde sie krank und starb.‹ Das war wohl alles, was er sagen könnte, wenn er wie die in jenem Buch, sein Leben erzählt hätte; nichts Seltsames, nichts Ungeheures geschah ihm.

Er öffnete die Türe und trat über die Schwelle ins Vorhaus. Wie er sich halb wandte, um die Türe zu schließen, starrten auf ihn, aus einem Kranz grüngoldener Wimpern, weit offene metallblaue Augen, die hoch oben im Dunkel des Zimmers schwammen. Er erschrak, aber einen Augenblick nur, dann wusste er, dass es die Pfauenfedern waren, die auf dem Schrank in einem Kruge standen. Er schloss die Türe und schritt langsam die Treppe hinab. Durch ein großes Seitenfenster fiel heißes Licht. Er stützte sich auf das glühende Geländer und sah verloren hinaus. Wo das grellflimmernde Grün der Baumwipfel endete, lag regungslos der spiegelnde See. Die Berge an seinem Saum wuchsen schwarz in seine Tiefe und gipfelten von neuem darin, der sattblaue Himmel lag tief unten und, blitzend, auf dem Grund die weißblendende Sonne. Eine Turmuhr holte stöhnend zum Schlag aus; er zählte: ›Eins - zwei.‹ Um elf Uhr war der Arzt da gewesen, um ihr ein Schlafmittel zu geben, und hatte gemeint, es würde vier bis fünf Stunden lang wirken, so musste er ja noch nicht hinunter. Er setzte sich auf dem Treppenabsatz nieder und stützte den Kopf in die Hände.

Sieben Jahre! Aber dass er sie kannte, war ja länger her, mehr als acht. Eine Augustnacht in Ischl fiel ihm ein. Da war sie in der Dunkelheit an ihm vorübergegangen und hatte ihn gestreift. Er erinnerte sich noch daran, eine Mondnacht nach dem Regen, und der Wind hatte den Duft frischen Heus von den Bergen gebracht. Georg war damals, auf dem Weg nach Heidelberg, bei ihm zu Besuch. Wo war nur Georg jetzt? Nur wenige Tage später hatte er sie kennengelernt. Ihr Vater, der einige Jahre vorher gestorben war, war Hofrat gewesen. Von der kleinen Pension und den Zinsen von einigen tausend Gulden lebten sie zurückgezogen und sparend. Not war es ja nicht, aber ein fortwährendes knappes Vermeiden ihrer drohenden Nähe, ein ängstlich unschlüssiges Erwägen jeder Ausgabe, und ein Verzicht auf so vieles, was ein wenig freudigen Schimmer über die einförmig graue Reihe der Tage gegossen hätte.

Und ein wenig davon lag in ihrer Erscheinung. Es

waren knospende dürftige Formen, die sich verrieten, nicht zeigten; ihre großen braunen Augen sahen, aber es schien, als hätten sie noch nicht blicken gelernt, die Arme konnten wohl tragen und lässig sich biegen, aber nicht umschlingen. Unfrei und gebunden schien alles, und doch nach Erlösung sich sehnend.

Wenn er ihr anfangs Blumen brachte, hatte sie ihn oft fragend angesehen: ›Was willst du von mir, meinst du's ernst?‹ Aber was ihn sonst verstimmt hätte, störte ihn hier nicht. Er fühlte auch, dass sie ihn liebte, und es nahm ihm nichts, dass er wusste, sie hätte auch einen andern geliebt, der gekommen wäre, um ihr ein wenig Liebe und Wärme zu geben.

Den Winter war er verreist und hatte nur selten und flüchtig an sie gedacht. Als er aber im Frühjahr nach Wien zurückkam, sehnte er sich, ihr blasses Kindergesicht wiederzusehen. Sie war nicht mehr in Wien. Sie war krank gewesen und früher als sonst mit ihrer Mutter ins Gebirge gereist. In Aussee traf er sie. Im Dämmern stand er ihr gegenüber, am Wiesenhang, zwischen hohen weißen Narzissen, die so dicht wuchsen, dass jeder Schritt die schlanken Stiele zu knicken drohte. Hinter ihr stieß der Saum der Wiese an den lichten Abendhimmel, und scharf grenzten sich von ihm ab die dichtgedrängten duftenden Blumen und ihre schmächtige weiße Gestalt. Lässig stützte sie ihren Arm auf den zu hohen Griff des Schirmes, und wie sie langsam bergab schritt, glitt ihr Umriss vom lichten Himmel ab auf den weißblühenden Wiesenhang, der steil wie eine Wand hinter ihr emporstieg. Fast körperlos schien sie; nur ihr eignes weißes Bild, das sich in fremden Linien von den Blüten und Stängelgewirr der narzissenübersäten Tapete hob. Vom Rand des Waldes, wo unter dichtem Gestrüpp, das die Sonne nicht durchdrang, auf braunem moderndem Laub noch ungeschmolzen der Schnee des Winters lag, kam ein leichter kühlender Wind, dass sie fröstelnd die Schultern in die Höhe zog. Da hatte er den Arm um sie gelegt und gewusst, dass er sie liebhatte, wie man die Dinge liebhat, denen man Sehnsucht und Glück und Schicksal zu sein vermag. Er hatte sie geheiratet. Ihre Mutter war bei ihnen geblieben, und es schien, als würde sie wieder jung, da sie ihr Kind sorglos und glücklich sah. Die traurigen harten Linien, die freudloses Leben und abwehrender Hochmut um ihren Mund gelegt, glätteten sich, und ihr vergrämtes Gesicht wurde wieder fast schön und voll Güte.

Als nach einem halben Jahr die Mutter starb, fühlte er, wie nun auch die Liebe, mit der sie an der Mutter gehangen, ihm zufiel. Aber es quälte ihn, dass er sie so anders wusste, als er selbst war.

Schlicht und festgebettet lag ihre Seele in dem, was man sie gelehrt und was sie von Jugend auf um sich gesehen. Oft nur mit einem Lächeln und dann wieder mit scheinbar spielenden klugen Worten rührte er an dem, was ihr unantastbar geschienen. Er nahm ihr den Glauben an einen gütigen Gott, der ihr Schicksal lenkte, und ließ ihr nichts als verzehrende Sehnsucht nach Glauben, wo sie frei und ahnungslos auf sicherem Boden geschritten war, ließ er sie auf die dunkeln gurgelnden Wasser des Abgrunds unter ihr horchen und lehrte sie, in ihr eignes Leben mit Zweifel und fragenden Augen zu sehen. Was ihr armer kindlicher Sinn als seinen unveränderlichen edlen Besitz erachtet, hatte sie ihm gläubig emporgereicht und wie seine kalten prüfenden Finger es ans Licht hielten, war aller Glanz erloschen, und was ihr ewig leuchtend erschienen, war nur stumpfes farbiges Glas.

Aber je mehr er ihr nahm, desto mehr wurde sie sein. Leer und haltlos sank sie ihm zu, denn an ihn glaubte sie, als wüchse ihm die Kraft und Tugend aller Dinge zu, die er zerstörte und die schwächer waren als sein Wort. Wenn sie an ihn geschmiegt horchend dasaß und mit traurigen hungernden Augen zu ihm aufsah, fühlte er, dass er ihr etwas zu geben schulde für das, was er ihr genommen. Und er gab es. Er zeigte ihr die Schönheit alltäglicher Dinge, an der sie achtlos vorübergegangen. Wie schön das Kommen und Gehen jedes Tages und jeder Nacht war, wie Schönheit in dem Weg der Tränen über blasse vergrämte Wangen lag und ein lachendes lebensfrohes Glück in den seelenlos wässerigen Augen junger spielender Tiere. Wie der feuchte Abendwind über zerzaustes Haar von armen Bettelkindern strich, war schön - und sie begriff, dass es nicht nur Schönheit gab, die auf ererbten Thronen prunkend saß und der alles opferte, sondern dass um uns, so weit wir sahen, Throne leer standen, harrend der Schönheit, die jeder Augenblick neu gebar. Er las auch viele Bücher mit ihr und sie reisten viel. Fremd und flüchtig wäre sonst vieles von ihr abgeglitten. Aber leer wie sie war, nahmen alle ihre Sinne es gierig auf und durchtränkten sich mit neuem Wissen und neuem

Schauen. Wenn sie von längst vergangenen Taten gelesen, die golden und blutig aus fernem Dunkel herüberleuchteten, schien ihr Schritt kühn und herrisch, wie sonst nie, und ihre Stimme klang voll und tief, wie bebendes Metall. Wie trunken von allzu vielem lehnte sie sich an ihn, wenn sie aus hohen kühlen Sälen, die die Herrlichkeit gewesener Zeiten bargen, hinaus in die helle Herbstessonne traten. Von den Bildern von Frauen, deren große Schönheit fast quälende Unruhe gab, war unbewusst auf ihre Lippen das fremde Lächeln jener geglitten. Sie ahnte auch nicht, dass eine vorher nicht gekannte Sehnsucht nach ernstem feierlichem Insichsinnen ihr von Bildern kam, auf denen blaugrün dämmerndes Wipfellaub, im feuchten Winde rauschend, über den Bach sich neigte, dessen Wasser felsiges Gestein weiß überschäumten und dann, immer ruhiger verrinnend, dunkel dahinglitten.

Er fühlte es, dass er weniger litt, seitdem sie neben ihm lebte, und er begriff es, wenn er an seine eigene Jugend dachte.

Abseits von andern Kindern war er aufgewachsen, zwischen hohen und vornehmen Büchern, die er liebte, bevor er in ihnen zu lesen verstand. Oft war er heimlich in der Dämmerung zu ihnen geschlichen; die goldenen Pressungen schimmerten, und leise spielend zog er an den breiten verschossenen Seidenbändern, bis ein altmodisch gefalteter Brief aus den Büchern glitt, oder eine trockene Blüte, die ganz weiß und durchsichtig war, mit dünnen feinverästelten Adern, wie die gütige streichelnde Hand seiner Großmutter.

Später dann las er oft in alten Schriften, in denen

von Menschen und Dingen stand, die lang vor ihm gewesen. Und immer wieder kehrte er zu ihnen zurück, und am meisten, wenn der Winter zu Ende ging und er zu den Großeltern hinaus aufs Gut zog. Tagsüber trieb es ihn dann, über die hartgefrorenen Felder zu schreiten, tiefatmend den lauen unruhigen Frühlingswinden entgegen. Über seine offenen Lippen strichen sie und trockneten seine Kehle, bis er von den schwarzen dürren Ästen der Bäume am Feldrain einen Eiszapfen brach und durstig an ihm sog. Wenn er spät am Nachmittag heimkam, trug er ans offene Fenster den schweren samtenen Lehnstuhl und kniete darin, den Kopf in die Hände gestützt, vor sich auf dem bröckelnden Fenstersims ein altes Buch, dessen gelbliche raue Blätter der Wind manchmal lispelnd hob. Hinter den schneefreien schwarzen und braunen Ackerstreifen, die von ihm weg zum Horizonte immer schmäler liefen, versank die Sonne, und er merkte es erst, wenn die schweren altertümlichen Buchstaben vor ihm rötlich ineinander schwammen und die kalte Abendluft durch sein dichtes Haar sich tastend wühlte. Dann sah er auf.

Bis an die niedere Hügelwelle, die den Ausblick sperrte, dehnte sich ein heller wolkenleerer Himmel, dessen kaltes Gelb langsam erlosch. Nur die noch gefrorenen schmalen Lachen zwischen den aufgeworfenen Ackerschollen glitzerten ein wenig, und in schwarzen Umrissen, die immer schattenhafter wurden, schied sich vom Himmel ein Bauer, gebückt hinter dem Pflug schreitend, den ein Ackergaul mit Mühe zog.

Weit über das Buch hinaus, gingen dann seine Gedanken. Er kannte den Bauern schon nicht mehr, der dort dem Nachbardorf in der Niederung zuschritt; und wie der, waren ihm die andern Menschen in der Stadt drin fremd, zwischen denen er lebte. Und er wusste: Rings um ihn, und auch weit von ihm, durch Flüsse und Meere getrennt, waren Städte mit unruhigem Gewühl von Menschen bis an den Rand gefüllt, und überallhin gesät Menschen, die mit ihm zugleich diese Erde traten. Nichts wusste er von ihnen; von vielen und vielen nur einen Namen, der sie als Volk zusammenfasste, der bedeutungsleer an sein Ohr schlug, und auch das nicht von allen. Dann waren die andern wenigen, die neben ihm lebten. Er hörte, wie sie zu ihm sprachen, und sah, wie ihr Gesicht sich veränderte. Manchmal meinte er auch zu ahnen, was sie empfanden. Aber sie waren zu nahe; hart vor seinen Augen sah er nur das Wirrsal ihrer kleinen Geschehnisse, nicht wie ihr Schicksal sich groß und unerbittlich daraus formte. Dann waren jene vielen, von denen er gelesen.

Ihr Schicksal kannte er. Aus Zeiten, wo lächelnde Götter herabstiegen und aus Menschentöchtern sich Söhne zeugten, klangen ihre Namen: Helden, in Rätseln empfangen und in Wundern geboren; und andere wieder, die, aus ahnenlosem Dunkel gelassen emporsteigend, mit leichtem Wink sich olympische Tore sprengten.

Breit und rauschend wie ein uferloses Meer rollte ihr Leben an ihn heran, wenn das Leben derer um ihn an seichten versandenden Ufern zu ebben schien. Wenn er sprach, meinte er, das Antlitz seiner Worte zu sehen, die der mühevolle Dienst des Alltags verzerrt und kraftlos und niedrig gemacht. Aber tot und verklärt und entrückt allem unedlen Dienen war die Sprache, in der von jenen Helden geschrieben stand; sie redete nicht von Geschehenem, sie war Magie, die es heraufbeschwor.

In anderer Menschen Gedächtnis lag das Wissen von diesen Dingen wie das Korn in trockenen Speichern; wie in tief gepflügtes feuchtes Erdreich war es in ihn gefallen und sog, aufwuchernd, alle Kraft aus ihm. Nicht wie ein Wissen von Geschehenem empfand er es. Es war sein Eigen wie seine Träume und, wie diese, mehr sein wahres Leben als das, das er lebte. Er fasste es nicht, dass es gewesen, und er hasste alle, die in selbstverständlichem Begreifen, unerschauernd, an dem Wunder vorüberschritten, das sie Zeit nannten. Gewesen durfte er es nennen, weil er noch nicht geboren, als es geschah? Und übermütig in der Kraft des Seins prahlten die Dinge um ihn, nur weil ihr Leben und das seine einen Augenblick sich begegnet? Und in grenzenloses ewiges Quellen durfte er, krämerhaft ordnend, seine Hand legen und, ein bestochener Richter, allem ein Urteil sprechen? Das war sagen, weil es ihm nicht gegönnt es zu sehen, und es ist sprechen, weil es mit ihm geboren? Was Macht besaß, an seine Seele zu rühren, das lebte, wenn es vielleicht auch nur wie langwanderndes Licht von fernen längst erloschenen Sternen ihn traf. Er sprach nicht davon wie von gewesener Herrlichkeit, und wie man von Toten spricht, die man geliebt: Mit Sehnsucht und Mitleid und vielem Erinnern. Ihm lebte es, und er dachte daran wie an den Mund seiner Geliebten; wie an lebendige Lippen, die er heute geküsst und morgen wieder küssen durfte.

Mit arkadischen Hirten trieb er die Herden zu Tal, auf schwerbeladenen bauchigen Galeeren horchte er des Nachts auf milesische Märchen, und er betete in Tempeln, die niemand ihm zerstört.

In Syrien stand einer, in Hierapolis, auf hohem Felsen, der die Stadt überhing, zweifach von hohen Mauern umringt. Er schien nicht wie die andern Tempel aus behauenen Steinen erbaut, die Menschen auf flacher Erde geschichtet. Feierlich und langsam aus der Erde wachsend, lag er hoch über der Stadt, und überhing die dunkle Kluft, aus der rastlose Dünste quollen: Finster geballte Wolken am Tag, und nachts leuchtender Qualm.

Aus dem glühenden gelben Boden der Ebene, in den die Sonne klaffende Risse gesprengt, stieg ernst der graue Stein. Aus dem tiefen Innern der Erde kommend, fremd dem flüchtig rieselnden Sand und dem bröckelnden Lehm, den Wasser und Wind an ihn geschwemmt und geweht. Ungeheure Blöcke schoben sich dann übereinander, wie von den verrinnenden Wassern sagenhafter Fluten zurückgelassen, darüber Steine, zu zyklopischen Mauern gefügt, und darüber andere, nur roh und dürftig behauen, als wäre die Kraft der Menschen erlahmt, dem harten Stein beherrschtere Form zu geben.

Viele Menschen hatten sie viele Jahre lang aus der Ebene den Hang des Felsens emporgeschleppt. Ein jeder nur einen Schritt weit, dann nahm der nächste den Stein und wälzte ihn keuchend dem nächsten zu. Im Bezirk von wenigen Schritten lebte ein jeder sein Leben. An der Stelle, wo er tagsüber stand, lag er in der Nacht. Unter der Last des ermüdeten Leibes höhlte sich der Boden an der Stelle, wo sie ruhten, immer tiefer mit den Jahren, und die ganz Alten lagen des Nachts wie in Gräbern. Ihre stumpfgewordenen Augen sahen neben sich die Wände der Grube, über sich das Stückchen des gestirnten Himmels, das sie seit Jahren kannten, und zwischen den grauen Stämmen der Terebinthen auf der Höhe des Felsens, umraucht von den glühenden Dämpfen der Kluft, die Mauerterrassen, die sie dem Tempel bauten, den keiner von ihnen mehr schauen würde.

Andere waren nach ihnen gekommen. Auf schon geebneten Wegen schritten die, neben jungen Rindern, die auf bekränztem Wagen glatte Quadern zogen: Granit von Syene und den Porphyr des claudianischen Bergs, den in den Werkstätten jonischer Meister Gesellen, bei heiterem Gesang, im Takt zurechtgehauen und geglättet.

Viele Bilder umstanden den Tempel. Unförmliche aus schwarzem Stein, die vor langer Zeit in wundererfüllten Frühlingsnächten das Meer selbst von weither an den Sand der Ufer gebracht, und andere, künstlich geschaffen von Menschen, die ihren Namen in den Sockel gemeißelt. Von sich hatten die geredet in den Bildern der Götter. Heilige halbvergessene Lieder, die man ihrer Kindheit gesungen, erhoben sich zitternd in ihnen, als sie jene Bilder schufen mehr in frommem

Erinnern an die Mutter als in Frömmigkeit gegen Götter. Von ihrer Liebe ließen sie den Marmor reden; von weißen errötenden Brüsten, nach denen man goldene Opferschalen als Weihegeschenk geformt, und von schlanken jugendduftenden Leibern, die ihnen verwirrenden Taumel gaben, wenn sie in fast schmerzlicher Umschlingung sie umflochten, und Andacht, wenn sie matt, gelöst vom Schlummer, neben ihnen atmend ruhten. In den Stein gruben sie mit gepressten Lippen die quälend starrenden Zweifel endloser schlafentblößter Nächte. Lauter als in ihnen die Angst des Lebens schrie, und die Angst des Todes, sollten ihre Hämmer und Meißel an den Stein schlagen; und sie schufen, wie Kinder, geängstigt, mit bangen Stimmen im Dunkel singen.

Alles luden sie dem Stein auf und zwängten es in ihn, und auch die Wollust, dass sie dies vermochten. Die unförmliche Masse, die zermalmend schwer und widerspenstig ihren Werkzeugen vor ihnen lag, zwangen sie, in müheloser Schönheit, ihr Sprecher zu sein zu solchen, die nach ihnen kamen. Über ihr eigenes Leben hinaus ihre Macht zu weiten, schaffend den Marmor zum Verweser ihrer Herrschaft zu bestellen, dass er noch in kommenden Tagen an Seelen zu rühren vermöchte, wenn die ihre längst entflattert, gab so viel Glück, dass es schien, als wäre dem Leiden aller Stachel gestumpft und selbst der Tod um seinen Sieg betrogen.

So war der Tempel gebaut. Aus dem dumpfen mühebelasteten Leben vieler, das, unbesonnen von ihnen selbst, an den Mauern des Tempels langsam versickert war aus der Arbeit anderer, die in heiter zufriedener Leere den Feierabend nach dem Werktag hinnahmen, das Alter nach der Jugend, und nach dem Leben den Tod, unruhig irrende Seelen, deren Schaffen vielleicht Gebet war und vielleicht ein Freveln, hatten ihn geschmückt.

Nichts hatte er gemein mit den ärmlichen Göttern, die, aus dem Holz der Feige und Buche dürftig geschnitzt, im Staube schmaler Karrenwege fast bettelnd standen, mühsam ihr Gottum fristend von der Andacht der Arbeiter am Felde, und von dem flüchtigen Gebet, das Reisende, wie ein Almosen, aus Gewohnheit ihnen gaben. Mit Gold waren seine Säulen umkleidet, und trugen ein Dach von purem Gold, die Spende vieler Jungfrauen und Knaben, die in den heiligen Hainen der Küste, fromm der Göttin dienend, fremden ans Land gestiegenen Männern Lust gegeben.

Weithin sandte das Dach seinen Glanz. Wallfahrer, die zur Zeit des Frühlingsfestes von ferne kamen, ersehnten seinen Anblick. Von dem nackten steinstarrenden Boden, auf dem sie, Gelübden folgend, viele Nächte schliefen, der ihre bloßen Füße tagsüber wund stieß und glühend sengte und nachts im Frost erstarren ließ, erhoben sie sich viele Morgen, immer hoffend, dass sie noch heute den Tempel sehen würden. Und wenn dann durch die Wolke aufgewirbelten Staubes, so dicht, dass sie, die vor ihnen schritten, nicht erkannten, von weither ein Glanz und ein Blitzen brach, wagten sie nicht zu jubeln. War es das Dach des Tempels, den sie erhofften, oder waren es ungezählte Scharen, die mit funkelnden Schildern und Waffen auf den Höhen in der Sonne lagerten?

In den steinernen Häusern und lehmgebackenen Hütten der heiligen Stadt und in rasch aufgeschlagenen Zelten waren sie die Nacht vor dem Feste wach. Haupt und Brauen hatten sie geschoren, und weißes noch ungebrauchtes pelusinisches Linnen glitt kühl und weich in weiten Falten um ihren fiebernd heißen Leib, auf dem dreifach Müdigkeit lag: die des mühevollen Wegs, die Wehrlosigkeit des Schläferns und die zärtliche Mattigkeit nach dem Bad in weiten ehernen Becken, über deren Rand aus der Erde quellendes heißes Wasser sprudelnd fiel.

Aber aus ihrer Ermattung wuchs eine bebende Unruhe ihres Blutes, wie sich nach Umarmungen, aus süßer traumseliger Schlaffheit, das Sehnen nach neuen Umarmungen heiß zuckend hebt. Jäh erweckt waren alle Sinne und harrten aufgerichtet der Verheißung des morgigen Tages entgegen. Von den blühenden Frühlingswiesen der Berge kam ein leichter Wind, zu schwach, um die goldbestickten edelsteinschweren Fahnen zu schaukeln, die man vor den Zelten in den Boden gerammt; aber die Wachenden fühlten ihn. Wie er ihr Gewand bauschend hob und dann wieder das weiche Linnen an ihren glühenden Leib fallen ließ, schlossen sie schweratmend die Augen und mit zitternden Nüstern und Lenden, die sich ihm willig entgegenhoben, gaben sie sich dem spielenden Streicheln des Windes hin, wie einem Liebkosen.

Geschieden durch den dichten Nebel der Frühlingsnacht von allen, die um seinetwillen gekommen, war der Tempel. Wenn unter dem milchweiß quellenden Wolkengewoge die Stadt noch im Dunkel versank, tauchte der Tempel schon vor dem Aufgehen der Sonne, in die nüchtern-gerechte Helle des frühen Morgens. Scharf umrissen, schattenlos, und ohne die Lügen des warmen Tageslichts, erkannte man ihn.

Aus dem nebelverhüllten Gewirr der Häuser der Stadt, wand er, kaum mit dem Fuß sie streifend, sich los. Mit dem Felsen ringend, bis der Stein ihm zu Willen sich fügte, ballte und türmte er drohend die Quadern zu einer Burg gegen die Götter. Zweimal schien er noch, auf breiten marmornen Terrassen sich sammelnd, in seinem Ansturm zu rasten, dann warf er, steil aufschießend, die Reihen seiner goldumpanzerten Säulen nach oben. Im Osten rissen die Nebel, und der goldene Spiegel des Daches fing die blitzenden Feuer der Strahlen und schleuderte sie lichtschmetternd zurück in die Wolken, einen einzigen leuchtenden fordernden Schrei zu den Göttern!

Tiefes veilchenfarbenes Dunkel war im Innersten des Tempels.

Umstanden von goldenen Götterbildern, saß auf löwenbespanntem Wagen die große Göttin, behängt mit edeln Steinen, die Mauerkrone auf dem Haupt. Wenn nachts der Glanz der wasserblauen und feuerfarbenen Juwelen ihres Schmucks schlummernd erlosch, gab ein nichtgekannter Stein ihrer Krone dem Tempel Helle. Die offenen Augen der Göttin sahen in die Augen dessen, der ihr nahen durfte, und folgten ihm unverwandt durch den Raum, wohin er sich auch wandte.

Roterglühende Räucherbecken, auf der Schwelle zum Allerheiligsten in gedoppelte Reihe gedrängt, schieden die Göttin von der Menge der Betenden. Wie Schlangen aus den Körben der Gaukler hob sich ringelnd graublauer Weihrauch mit leisem Zischen aus dem Becken, flachte sich zu breiten Bändern und wand sich, wiegend wie verschleierte Hüften gaditanischer Tänzerinnen, nach oben. Betäubend und süß war der Duft. Wer nur durch den Tempel geschritten, nahm ihn in seinen Feierkleidern mit in die Heimat. Aus selten geöffneten Laden stieg dann an Festtagen sein Hauch, und die Leichname armer abgemühter Menschen hüllte man in Sterbekleider, die noch erfüllt waren von der duftenden Weihe des einzigen großen Festes. Die das Räucherwerk tags vorher an die Priester verhandelt - die Kaufleute erkannten es nicht wieder. Sie wussten: Was sich dort auf der Glut knisternd verzehrte - noch vor Stunden hatten sie es anpreisend durch ihre Finger gleiten lassen: Narden aus Gedrosien und kostbares grünliches Harz den Stämmen sabäischer Myrrhen freiwillig entquollen, aber fremd und ihrer Macht entwachsen kam es ihnen zurück. Ein Rauchopfer den Göttern, war es in der Flamme gestorben und schwamm nun in bläulich sich lösender Wolke über den Betern. Es mischte sich mit ihrem Atem und schwebte goldbewegte Wände entlang, die so oft von heiligen Rufen und leisen bittenden Worten erklungen, bis ihr Widerhall das Murmeln der Gebete weihevoller wiedergab, als er es empfangen. So sank über sie der Duft des Weihrauchs, beladen mit der Andacht vieler, und gebietend die zur Andacht rufend, deren Ware er gewesen. Mit mächtigen lautlos gleitenden Flügeln öffneten sich Tore in den Vorhof. Ein See lag darin. Mit grünlichem Marmor war sein Becken ausgeschlagen, so weit man in die Tiefe sah, und um ihn herum zwischen steinernen Säulengängen und den gemauerten Zellen der Priester lebten heilige Tiere, von denen alle Wildheit gewichen.

Löwen, die man aus den Höhlen des Hermon geraubt, lagen träge sich sonnend, mit lässig gekrümmten Pranken am Rande des Sees, rastlos wandernde Bären strichen im Schatten der Gänge, und weit weg an der äußersten Tempelmauer, die das dunkel glänzende Laub roterblühter Lorbeerrosen überhing, weideten medische Pferde, die man aus der Ebene Nesaion hierher gebracht. Klirrend schleiften auf dem grünlichen Marmorrande die goldenen Ketten der Adler - viel mehr ein Schmuck, den Schrittkettchen chaldäischer Frauen gleichend, als Fesseln. Manchmal breiteten sie, wie prüfend, das unverschnittene Gefieder ihrer goldbraunen und rostroten Schwingen - dann standen sie wieder still; und über den entschlossenen hakig überkrümmten Schnäbeln leuchteten honigfarben ihre Augen, ernster und bewusster als die der anderen Tiere.

Mit trägfächelnden Flossen glitten große Goldschleie durch das Wasser. Den größten hatte man, vor urdenklichen Zeiten, Zierate durch die Flossen des Rückens gebohrt. Weißgewandete Priester warfen ihnen des Morgens ihr Futter und riefen sie mit fremdklingenden Worten einer Sprache, die lange gestorben war. Nichts war von ihr geblieben, als die lockenden Worte, die, unverstanden, Priester einander überliefert - die letzten, die darauf hörten, waren rotglänzende Fische, die mit feisten Rücken, die aus dem Wasser ragten, und schnappenden, rosenrot bebarteten Lippen sich ans Ufer drängten, und dann satt sich sinken ließen, bis sie nur mehr wie große Blutstropfen aus der dunklen Tiefe schimmerten.

Inmitten des Sees ragte ein steinerner Altar aus dem Wasser, nicht auf einem Sockel ruhend und von keinen Stufen umgeben. Zu ihm hin schwammen freiwillig morgens und abends Andächtige, ihn zu bekränzen. Üppige Gewinde weißer Levkojen lagen für sie bereitet auf den Fliesen, und daneben harrten am Abend des Festes Priester, die alle einander glichen. Blaupurpurne Binden, die ihre Stirne zweifach umgürteten, hielten Locken von blondem Frauenhaar fest, die dichtgewickelt und überreich auf Brust und Nacken fielen, schwarzgemalte Brauen und Wimpern umrahmten die glanzlosen Augen, und in dem bartlosen weißen Gesicht klafften, wie eine blutige Wunde, geschminkte Lippen, zu immerwährendem Lächeln geschürzt.

Anderer Menschen Haar durfte sich lichten und verbleichen; ihre Augen, müde des vielen Gesehenen, durften wünscheleer blicken, und ihre Lippen, welk von unnützen Worten, mutlos sich sinken lassen. Aber, die der Göttin dienten, durften nicht altern. Von der Nacht an, da sie als Jünglinge blutig der Göttin sich geweiht, bis zu dem fröstelnden Morgendämmern, an dem man sie - die Füße voran - hinaustrug aus dem Tempelbezirk, blieb ihr Antlitz das gleiche. Wenn sie betend ihre Hände breiteten, fielen die weiten Ärmel zurück. Über die rundlichen weißen Arme war blau ein Netz von Adern gemalt und an den unberingten schlaffen Fingern glänzten Nägel wie matter Onyx. Wenn sie stillstanden, schienen ihre großen Gestalten voll ruhender männlicher Kraft, aber wenn sie lässig sich wiegend schritten, ahnte man unter den Falten ihrer Gewänder einen Körper, biegsam und gefügig wie der eines Weibes. Fremd war ihnen der starke Drang geworden, der Männer und Frauen zueinander trieb, paarte, und der, sich erfüllend, in ihnen starb. Unerfüllbar und unersättlich rann heiß in ihnen ein träges Schmachten. Ganz war ihr Leib der Göttin und ihrem Dienst geweiht, mit allem Lust zu geben und Lust zu empfangen, hatte man sie gelehrt; und dass dann noch ihre untätigen Hände auch hielten und trugen, ihre Füße schritten, über ihre Lippen auch Speise und Trank glitt, schien ihnen fast Frevel. Um den Sockel der inneren Tempelmauer lief, in Stein gehauen, ein Fries. Männer und Frauen und Tiere gatteten sich in unerhörten Verschlingungen; Giganten, in Schlangenleiber endend, ringelten sich um Centaurinnen; von einem Lust empfangend, einem anderen sie gebend, wand sich der Kreis von Gestalten, in sich zurückkehrend, einem Kranz gleich, um den Tempel. Jenen Bildern nacheifernd, quälten die Priester in schmerzenden Übungen ihren Leib, bis er allen Launen sich zu schmiegen verstand. Geschickt wie Hände wussten ihre Füße zu halten und zu greifen, mit feinem Bimsstein war die Haut ihrer Fingerspitzen dünn gerieben, dass sie alles stärker empfänden: Den pfirsichgleichen Flaum an Frauenhüften und die hart sich ballenden Muskeln der Männer; in ihren Lippen war Kraft, unentrinnbar festzuhalten, was sie saugend erfasst, und flüchtig wie ein lauer Wind vermochten die langen Wimpern ihrer Lider über weiße erschauernde Schultern zu streicheln.

Mit leichten kaum fühlbaren Fingern lösten sie denen, die gekommen waren, den Altar zu bekränzen, die Binden und Spangen ihrer Gewänder, bis sie nackt dastanden. Um die Leiber der Jungfrauen legten sie die Gewinde weißer Levkojen, und auf den Häuptern der Jünglinge ruhten, mit Riemen festgeschnallt, silberne Becken, gefüllt mit Kassia und Bedellion. Von dem steilen Marmorrande ließen sie sich in die Flut gleiten und schwammen dem Altar zu. Keine Stelle war um ihn, auf der sie fußen konnten. Langsam umschwammen ihn die Jungfrauen, die Kränze von ihrem Leib abspinnend, umwanden sie den Altar; die Jünglinge, mit halbem Leib aus dem Wasser sich hebend, griffen nach dem Räucherwerk in den Becken und warfen es mit vollen Händen über den Altar hin, auf dem die Flamme, fast unsichtbar im Tageslicht, blass züngelte.

An den mattglänzenden Leibern der Jünglinge, die Salbemeister künstlich gebräunt, haftete kein Wasser. In großen Tropfen rollte es an ihnen herab, wenn sie, mit gefleckten Fellen sich trocknend, am Ufer standen. Umringt von den Priestern schritten sie dann dem rückwärtigen Tor zu, um auf der Wiese außerhalb der Mauern die Scheiterhaufen für das Fest zu schichten.

Draußen, zu jeder Seite des Tores, war ein Phallus

aus rötlichem Sandstein errichtet. Drei Männer vermochten sie nicht an der Wurzel zu umspannen, und die zinnobergemalten Kuppen überragten das Tempeldach. Reichgewässert breitete sich die Wiese bis an die dampfende Kluft. Hochwucherndes Gras verbarg fast die tiefblauen Trauben wildwachsender Hyazinthen, und nur gelbe rotgeflammte Tulpen mit zerfetzten Rändern loderten auf hohen Stielen aus dem dunklen Grün. Die Sonne stand tief, und lang sich streckend fielen die Schatten der Schreitenden über die Wiese den Abhang hinab. Über harzigen Scheitern und ganzen noch nicht entasteten Bäumen schichteten sie die Geschenke. Schilde mit silbernen Buckeln lehnten an rotbauchigen Mischkrügen, kupferne Schalen waren mit Getreide gefüllt, und grüne weidengeflochtene Körbe, in denen man Früchte von weither gebracht, gossen stürzend ihren Inhalt aus. Ziegen mit überreich geschwellten Eutern, Hirschkälber mit vergoldetem Geweih, hatte man lebend an die Aste gebunden. Ihre scharrenden Füße verfingen sich in durchsichtigen Gewändern, so reich mit goldenen Zieraten bestickt, dass die Schultern der Frauen unter der Last der dünnen Schleier ermattet gesunken waren.

Mit dem farblosen Himmel, an dem wie ein blasses Wölkchen die Mondsichel hing, verschwammen fast in eins die weißen Hüllen der Priester; den Götterbildern, die auf steinernen Sockeln den Tempel umstanden, glichen die Jünglinge. Wenn sie, mit aufrechtem Nacken Schweres tragend, rastend standen, oder, über die Geschenke sich neigend, mit hocherhobenem Arm Öl aus einhenkligen Kannen gossen, schienen ihre mattglänzenden Leiber selbst Weihgeschenke aus dunklerem delischem Erz.

Gedämpft drang ein Ruf von Stierhörnern aus dem Tempel. Wie man die Tore aufstieß, wurde er lauter, schwoll zitternd an, und brach ab. Das Brüllen der Tiere im Vorhof antwortete. Dann quoll die Menge der Betenden aus dem Tempel, presste sich stauend durch die enge Pforte der Mauer und überwogte die Wiese, dass unter den Tritten die safttrunkenen Stängel der Blumen knirschend brachen. Langgezogen hallte ein neuer Ruf von Stierhörnern aus dem Tal. Die steile Straße zum Tempel herauf wand sich der Zug, der das Wunderbild, von der Wallfahrt ans Meer, zum Heiligtum zurücktrug. Voran Knaben mit blühenden Zweigen und entzündeten Fackeln, dann keuchend mit schweißbedeckten Stirnen in schwerem Schritt die Träger; auf ihren wundgedrückten Schultern unter krokusfarbenem Baldachin schwankte das Wunderbild, verhüllt bis an den Scheitel, über dem eine goldene Taube die Flügel schlug. Der Zug erklomm den Wiesenhang und wühlte sich durch die lautlose Menge bis zu den Priestern, die in weitem Kreis den Scheiterhaufen vor den Phallen umstanden. Dort setzten sie das Bild zu Boden. Die Knaben löschten die Fackeln. Ihre Blütenzweige warfen sie über die Scheiter, banden an ihrem Haupt die Doppelflöten fest, und standen still. Die Kuppen der Phallen hatten Priester erklommen. Regungslos schauten sie gegen Untergang und erwarteten den Abendstern. Und zum dritten Mal aus gekrümmten Hörnern ein lautstöhnender Ruf. Er kam von der Höhe der Phallen, wuchs schwellend an bis zum Zerspringen, und verklang in den Wirbeln der Pauken. Brausend rauschte eine Wolke weißer heiliger Tauben auf, und, geschleudert von den Priestern auf den Phallen, flog zischend in weitem Bogen eine entzündete Fackel in die ölgetränkten Scheiter - der Abend war da.

Schrille Knabenstimmen setzten jetzt ein; weicher und schmachtender schmiegte sich an sie das Spiel lydischer Flöten, alle Sehnsucht aus dem Innern süß emporsaugend. Enggepresst stand die Menge; die Äußersten waren hart an die gemauerte Brustwehr über dem Abgrund gedrängt, aus dem in kurzen Stößen leuchtender Dampf quoll.

Der Duft zertretener Hyazinthen stieg betäubend zwischen ihnen empor. Wange an Wange standen sie schweratmend da, sengend traf sie der heiße Hauch der Lippen, und aus fremden nahen Augen sah ihr eigenes Antlitz sie an.

Wissender und ahnender als die einzelnen war die Menge. Die tiefe inbrünstige Andacht des Tages hatte sie zusammengeballt und eins werden lassen; was kein einzelner ahnte, war unbewusst im Fühlen aller. Was trieb sie denn barfuß durch den Staub der Straßen und die steinstarrenden Wege der Gebirge zum Tempel hin, was drängte sie gebietend weg von der Gewohnheit ihres Lebens; Wasserträger von ihrem ärmlichen Erwerb, und Herren von Sklavenherden von ihrem festlichen wünscheverarmten Leben? Fühlen wollten sie - endlich ihr Leben fühlen; den Kreis gleichverrinnender Tage, in den es gebannt, sprengen, und - wie sie die eingeborenen tiefen Schauer vor dem

Tode kannten - die schlummernde Lust des Lebendigseins jubelnd wecken. Und die Andacht des Gebetes gab ihnen diese Lust, wenn sie reich in weitendem Überströmen sich an die Gottheit zu verschenken vermochten; und die Wollust gab sie ihnen; wenn ihr eigenes Leben in fremdes drang und sie, eins mit einander, vom gleichen Becher trinkend gleichzeitig trunken, über ihr Leben hinaus in kommende Zeiten, vereint den Samen neuen Lebens warfen.

Ein Weib schrie auf. Auf dem weichen selten zerwühlten Lager ihres Gemachs hatte sie mit gepressten Knien von ihm geträumt, und bei festlichen Mahlen an ihn gedacht, wenn sie den schalrieselnden Worten von Weisheitslehren lächelnd zu horchen schien, und nun sah sie ihn. Sie wusste nichts von ihm, wer er war, ob er ihre Sprache sprach: Nur sein Haupt und die Schultern sah sie. Die Augen waren das, nach denen sie sich gesehnt, und der Mund, den sie wollte, haben wollte, und sie schrie auf und wühlte sich mit krallenden Fingern den Weg zu ihm, die Augen auf ihn gerichtet.

Ein leichtes Zittern lief über die Menge. Schweigend harrten sie des Verheißenen, so dicht gedrängt, dass goldener Schmuck sich schmerzend in anderer Fleisch bohrte. Weiche halb geöffnete Lippen rührten an ihren Nacken, und neben sich fühlten sie durch ihr dünnes Gewand, wie es heiß an sie heranschwoll. Von den brennenden Scheitern her wehte es glühend; wie aus schmerzenden Kehlen stieg gepresst der Gesang der Knaben, einförmig sich wiederholend; girrend zitterten die Flöten darüber hin, und hinter ihnen her, atemlos hetzend, kurz und dumpf, die Handpauken, gepeitscht von schrillschmetternden Cymbelschlägen.

Ein tönerner Krug barst. Siedendes Öl sprühte aus den Flammen. Kreischend wichen die Priester zurück und hinter ihnen die Menge. Vom Wiesenrand gellten verzweifelte Schreie; die Äußersten hatte das Drängen über die Brustwehr in den Abgrund gestürzt, und angstvoll sich wehrend stemmten sich die anderen den Weichenden entgegen. Und es brach los. Nicht mehr die Angst schrie aus ihnen; erlöst von erstickendem Schweigen, entrang sich ihnen ihre Stimme und stieg brüllend auf, an ihrer eigenen wilden Stärke sich berauschend. Herab von sich rissen sie die Hüllen und fühlten, wie sie nackt, Nacktes umgab. Um sie herum, ihren Leib streichelnd, von ihm weggedrängt und wieder an ihn heranwogend, spülte eine heiße Flut von liebezitterndem Fleisch. Sie fanden sich im Gewühl und umschlangen sich aufrecht und glitten matt mit bebenden Knien zu Boden - ein wogendes Bett für anderer Umarmung. Über sie hin sank verschlungen ein Knäuel, vielarmig und vielköpfig, löste sich und wirrte sich von neuem, ungesättigt mit fangenden Armen Leiber an sich heranziehend. Und sie standen auf, und brachen zusammen, und erhoben sich wiederum, und schritten über die Liegenden und setzten auf keuchende Kehlen erstickend ihren Fuß, erschauernd in der Wollust des Wehetuns. Aber ihre nackten Sohlen fühlten lüstern das glühend schwellende Fleisch und die weich sich kräuselnden Vliese, und in neuer Gier warf sich einer hin über die so wirr Verflochtenen, dass er nicht sah, dass es einer anderen Leib war, der ihn umschlang, und einer anderen Lippen, an denen sein Mund sog. Während lustbebende Hüften sich ihm entgegenhoben und gierig den heißen Strom des neuen Lebens tranken, fühlte er nicht, dass unter seinen Küssen halboffene Lippen langsam erkalteten und - nicht in Wollust - gebrochene Augen starr nach oben sahen.

Die Nacht war da. Sie sahen einander nicht mehr und verstummten. Hinter lichtumrandeten schwarzen Wolken war der Mond, und nur von den lohenden Scheitern fiel Licht über die Menge. Die Priester allein standen aufrecht. Mit leichten Füßen glitten sie zwischen den Dahingestreckten, und der Widerschein der roten Glut fing sich sprühend in den silbernen, weingefüllten Krügen, die sie trugen. Wenn sich einer stöhnend vom Boden stemmte, neigten sie sich über ihn und, sein Haupt stützend, gossen sie labend den Wein über seine trockenen Lippen; dann knieten sie neben ihn, hoben ihr Gewand und, mit erlernten Worten seine Lust stachelnd, boten sie ihm ihren Leib.

Und auch die Glut der Scheiterhaufen erlosch, grau in sich zusammensinkend, und daneben zitterte, langsam erkaltend, eine breite Lache geschmolzenen Metalls. Dumpf erklang das gesprungene Fell einer einzigen Handpauke; dumpf und unablässig, wie hämmernder Pulsschlag in schmerzend geschwellten Schläfen. In kurzen Stößen quoll glühender Dampf aus der Kluft; ein schwacher Lichtschein fiel dann über die Wiese. Aus dem verschlungenen Wirrsal erschlaffter Leiber reckten sich die steinernen Phallen; auf ihren

Kuppen weißverhüllte Priester, regungslos im Gebet.

Zu schwarzen Schleiern sich schichtend, schwebte der Rauch nach oben und schien sich mit dunkel quellenden Wolken zu einen, die den Mond verbargen. Ein lauer Regen löste sich von ihnen und floss herab. Und stärker als der Duft der Brandopfer und des Weihrauchs stieg es von den Schlafenden, wie der feuchte Hauch blühender Kastanien, durch die Nacht nach oben.

So sah er den Tempel; und nicht den Tempel bloß. Denn allen Dingen, von denen er wusste, hatte er Leben gegeben. Wie stumme Schatten umschwebten sie andere; an ihn aber drängten sie sich gierig heran, trunken von seinem Blut, und durch ihn stärker als er. Denn wenn in anderen das Wissen wie Korn in trockenen Speichern lag - in ihn war es wie in tief gepflügtes feuchtes Erdreich gefallen; aufwuchernd sog es alle Kraft aus ihm. Lauschend hielt er den Atem an und hemmte so den Gang des eignen Lebens, wenn große Schicksale klirrend und ehern an ihm vorbeischritten. In kristallenem Glas stand dunkler süßer Wein für ihn bereit. Er aber dachte nur, dass es Kristall war, aus eisigen Höhlen genommen, in denen es ungezählte Jahre seiner Form entgegenreifte; ein Wesen, wachsend wie Tier und Pflanze, sich ergänzend, wenn man es verstümmelte, wie Eidechsen und Schlangen - und was seine Schönheit schien, war nichts als sein lautes Verkünden des unabwendbaren Gesetzes, das in ihm in allen seinen Teilen gebot. Und er dachte nicht an den Wein. Eigensinnig folgte er den Spuren aller Dinge nach rückwärts, bis ihre Wege mit den

Wegen alles Lebens unlöslich sich verschlangen. Nichts sah er ahnenlos, und das Ebengeborene schien ihm greisenhaft verzerrt und beladen mit der Last von Erinnerungen, und sich schleppend mit Ketten, die es an Gewesenes schmiedeten.

Er sehnte sich darnach wie andere, die Früchte hart am Stiel zu pflücken und nur den Duft und die Süße ihres Fleisches zu schmecken. Unter überlasteten Zweigen, die sich zu ihm bogen, stand er und dachte, wie alle Süße und aller Duft aus dunkeln Wurzeln stieg, die weitverästelt tief sich in die Erde bohrten. Unverwundet umklammerten sie scharfes Eisen, das getötet hatte, wuchsen durch goldene Reife, um deretwillen es geschehen, und schwollen safterfüllt an, gemästet an Verwesendem. Er schritt weiter; und hinter ihm löste sich überreif die Frucht, die er nicht gepflückt, vom Baume, und fiel schwer zu Boden, sich wundschlagend.

So flocht sich wundervoll und beängstigend ein Netz um ihn, engmaschig und alle Freiheit ihm nehmend. Alles war mit allem unlösbar verknotet, Gewesenes stand neben ihm aufrecht wie Lebendiges, und er lebte wie in dumpfen menschenüberfüllten Räumen. Alle Herrlichkeit der Welt war funkelnd aufgestapelt an den Wänden und hing in reichen Gewinden von der Decke herab, und er sah, dass es schön war und kannte den Wert. Aber fensterlos und versperrt engte sich der Raum, und alles was in gepresstem Gewühl sich um ihn drängte, nahm ihm selbst den Atem und stahl ihm seine Lebensluft. Wäre er ein Dichter gewesen, er hätte, was schwer und verworren auf seinem Nacken lastete, mit leichten Fingern formend über sein Haupt gehoben; und was zahllos und ohne Ende um ihn wallte, hätte er in Lieder gepresst und gedichtet, die man zu singen anhob, wenn es dämmerte, und die zu Ende waren, ehe die Nacht kam. Aber er vermochte es nicht; und er fühlte, dass er weniger litt, erst seitdem die neben ihm lebte, die jetzt da unten starb.

Leer und haltlos war sie ihm zugesunken, als hätte er die Kraft und Tugend aller Dinge geerbt, die er ihr getötet und die schwächer gewesen als sein Wort. Sie sehnte sich nach Inhalt und Fülle; und wie sonnenzerklüfteter verdorrter Boden gierig ausgegossenen Opferwein trinkt, sog sie durstig in sich, was an Worten über seine Lippen kam. Nicht immer verstand sie ihn; und oft nach Tagen erst, wenn er sie küsste oder stumm mit der Hand über ihr weiches Haar strich, fasste sie mit einem Mal den Sinn von längst gesprochenen Worten.

Aber alles Verstehen versank in ihr und wandelte sich, bis es nur mehr etwas war, was sie anders schreiten ließ oder den Klang ihrer Stimme änderte, und den Augen ein Dunkeln gab, als sähen sie nach innen. Hart und ungefügig war ihre Art, sich nach einem zu wenden; ein wenig an zu rasch gewachsene Knaben erinnernd; und daneben hatte sie das träge Sichgleitenlassen blutleerer bleichsüchtiger Mädchen gehabt; jetzt aber schienen ihre Bewegungen immer sich auf sich selbst zu besinnen und eines Zweckes bewusst zu werden.

Wenn sie ihm eine Frucht bot, stieg ihr schlanker Arm aus einem Kelch zurückfallender breiter Spitzen;

ihre schmalen weißen Finger, die aus ihrer Hand, wie zu einer Dolde sich verästelnd, wuchsen, spreizten sich um die Frucht, die sie nicht umspannten. Ein nicht mehr ganz bewusstes Erinnern an vieles war dann in dieser Gebärde: An Bilder, die sie schon vergessen, an weiße Fruchtschalen, von verschlungenen silbernen Ranken zierlich getragen, und eine leichte Würde, als erfülle sie ein Amt. Die Kleider, die sie trug, und der Schmuck, den er ihr schenkte, alles rief lagernde Reihen von Gedanken wach, dass sie aus ihrem Schlummer sich erhoben und schwer gerüstet dastanden. Er gab ihr einen Ring, geschmiedet aus reinem Eisen, das vom Himmel zur Erde gefallen, und in ihren Ohrgehängen schaukelten Edelsteine, die tagsüber das Licht der Sonne tranken und von ihm erstrahlten, wenn nachts der Glanz anderer Juwelen schlummernd erlosch. Wenn sie an Sommermorgen aus dem lauen Wasser des Sees stieg und in bastgeflochtenen Schuhen auf dem gelben heißen Kies des hoch ummauerten Gartens, sich sonnend, stand, hing um ihre schmalen Schultern ein dünner Mantel, geheftet aus Linnenstreifen, die vorher Jahrtausende lang den balsamdurchtränkten Leichnam von Königen aus Ägypten schützend umhüllt.

Nur dass sie vom Schicksal dieser Dinge wusste, gab ihnen Wert und Bedeutung, und es schien, als wären sie alle auf vielverschlungenen Wegen lange zu ihr gewandert. Nun ruhten sie bei ihr, erlöst davon, ein eigenes Los tragen zu müssen, und alles ihnen früher Geschehene war ihnen zur Schönheit geworden. Noch war die überreiche Fülle in seinem Leben; aber wovon das Wissen verworren auf ihm gelastet war, trug sie, frei von aller Schwere, wie einen Schmuck; nur wie ein leichter Duft davon, wehte aus ihrem Lächeln oder aus dem Gruß ihrer Hand.

Und jetzt starb sie ihm da unten. Er stand auf und lehnte sich an das heiße hölzerne Geländer der Treppe. Durch das Fenster des Treppenhauses sah er über das grellflimmernde Grün der Baumwipfel hin. Nur wenige Schritte weit von ihm schlief unbewegt der spiegelnde See. Die Berge an seinem Saum wuchsen schwarz in die Tiefe und gipfelten von neuem darin, der blaue Himmel lag tief unten und, blitzend, auf dem Grund die weißblendende Sonne. Steil fiel das Ufer in den See. Silbern glänzende Luftblasen stiegen manchmal perlend durch das dunkle Wasser nach oben und barsten, leichte Kreise ziehend; dann glättete sich wieder der Spiegel und nichts verriet unter der beruhigten Fläche die Tiefe. Er bückte sich, hob von der Stufe, auf der er gesessen, das Buch und die Schnur lichtwolkiger Bernsteinperlen, und schritt die steile Holztreppe hinab. Er hörte den kurzen dumpfzitternden Hall seiner Tritte auf dem weichen, von der Sonne durchwärmten Holz der Stufen, dann gellten unter ihm die kühlen sandsteinernen Fliesen des Vorhauses so messerscharf schneidend durch die heiße Stille des Nachmittags, dass er erschreckt anhielt. Er fürchtete, die Schlafende zu wecken, die hier unten lag, im einzigen kühlen Zimmer, das fast kellerartig, halb versenkt in den Abhang des Hügels war, an dem das Haus lehnte.

Leise schritt er zur Türe. Fünf Stufen führten zu ihr hinab. Er drückte vorsichtig die Klinke nieder, hob die

Türe ein wenig in den Angeln, um jeden Laut zu vermeiden, und öffnete. Durch die hochgelegenen kleinen Fenster drang heißes Licht, das sich träge an die Zimmerdecke und den oberen Teil der Wände heftete; das Bett der Kranken, das frei in der Mitte des Zimmers stand, und die alte schlafende Wärterin im Lehnstuhl unterhalb des Fensters, lagen in schwülem bläulichem Dämmern. An der Fußwand des Bettes, auf einem kleinen Tischchen, war ein gläserner Wasserkrug mit hochstieligem buntem Mohn. Die Kranke wollte Blumen in ihrem Zimmer haben, aber sie litt unter dem zu starken Duft anderer Blüten, und auch vom Mohn, dessen Kelche langsam sich entblätterten, als Paul die Türe hinter sich schloss, quoll jetzt ein süßlicher Duft, wie von lauer Milch und feuchter modernder Erde. Zögernd, wie matte Falter, taumelten die Blumenblätter auf die wasserblaue seidene Decke des Bettes. Tiefviolette mit weißem zerschlissenem Saum, und andere wie schwarzgeronnenes Blut, noch hellrot an den Rändern. Eine plumpe spanische Wand, beklebt mit alten kolorierten Modekupfern, stand an der Längsseite des Bettes, so dass er nur die Hand der Kranken sah. Der dünne Batistärmel war nach oben geschoben, hart traten die Knöchel an dem schmalen Gelenk vor, der Handrücken sank spitz in die weiche Seide der Decke, und die innere Fläche der offenen Hand war fleischlos und voll schlaffer Falten. Zu einer müden, willenlosen Gebärde schien die Hand sich zu öffnen. An den mageren Fingern hingen zu groß gewordene Ringe: Ein breiter Ehering und ein anderer, der sich verschoben hatte, so dass man den Stein sah:

Ein rundgeschliffener blutroter Rubin neben einer Perle. Er neigte sich vor. Das schmalgewordene Gesicht der Kranken schien in der dunklen Flut der Haare zu ertrinken, die in losen Wellen über die Polster rannen. Sie schlief, aber zwischen den zusammengezogenen Brauen grub sich tief eine Falte, als dächte sie schwer und schmerzlich nach. An den Schläfen und an den Nasenflügeln waren dichtgedrängt kleine Schweißperlen hervorgetreten, und zwischen den halboffenen fieberversengten Lippen blies ihr Atem keuchend und gehetzt.

Am Fußende des Bettes stand ein Lehnstuhl. Wie Paul sich niederließ, ächzte das Weidengeflecht unter ihm. Er sah ängstlich auf die Schlafende. Sie schlief weiter, und auch die Wärterin drüben am Fenster war nicht erwacht. Vor ihr lag in dem offenen Gebetbuch ihre Hornbrille. Auf dem weißen Tischtuch, geordnet, für langes Kranksein vorhergesehen, wie an festangewiesenen Plätzen: Neben dem silbernen Löffel und dem Thermometer ein Milchkrug mit Gläsern und eine fast geleerte Flasche Cognac. Auf dem schmalen Fensterbrett stand ein Nähkorb, halb bedeckt von einem zertrennten bunten Kattunrock, daneben ein paar welke Blätter eines Nussbaums und, durch ein beschriebenes Papier vor den summenden Fliegen geschützt, ein Teller mit zuckerbestreutem Backwerk.

Er hatte eine Wärterin von Wien kommen lassen, aber die Kranke litt unter dem sicheren ruhigen Gleichmut, mit dem sie ihr Geschäft verrichtete. Dass sie geduldig ihre Launen ertrug und die Krankheit gering und unwichtig zu schätzen schien gegenüber all dem entsetzlichen Leiden, das sie mitangesehen hatte, erbitterte die Kranke. Sie hasste diese Frau, die an ihrem Bette saß, und deren Geschäft es war, andere sterben zu sehen; wenn sie litt, las sie in ihren ruhigen Augen ein überlegenes: ›Das alles kenne ich‹. Sie verzieh ihr nicht, dass sie sie um ihre letzte Eitelkeit betrog und ihrem Sterben das Wichtige und Unerhörte nahm.

Er sandte die Wärterin nach Wien zurück. Nur die alte Bäuerin, die da im Lehnstuhl schlief, wollte die Kranke um sich haben. Die kannte sie seit Jahren. Der Mann war Arbeiter in der Ischler Saline gewesen und hatte eine kleine Pension. Von vierzehn Kindern hatte sie nur fünf aufgezogen und drei von diesen überlebt. Der Sohn war seit dreißig Jahren Schmiedegesell in Ebensee, und die Tochter diente bei einer ›Herrschaft‹, die sie mit sich in die Stadt genommen. Am Rand des Waldes in einem kleinen Haus mit mürben abbröckelnden Mauern und einem kleinen hölzernen Kuhstall, lebten die zwei Alten. Manchmal brachte sie den Leuten in den Villen frischen Topfen, in feuchte Tücher eingeschlagen, oder Fische aus dem See, die sie billiger verkaufte als der Fischer. So hatte die Kranke, schon als junges Mädchen, sie gekannt, und später dann, als der Verschönerungsverein des Ortes das kleine Haus mit dem Stück Wiese um ein paar hundert Gulden kaufte, um einen Tennisplatz für die Sommerparteien anzulegen, nahm sie die zwei alten Leute als Hausmeister in die Villa. Der Mann, mit beinahe gelähmten Beinen, saß fast immer zu Hause und spaltete Brennholz in Späne, oder er trug an trockenen heißen Tagen mühsam einen niederen hölzernen Schemel von Beet zu Beet und rupfte in seinem Umkreis das frische Unkraut aus. Die Frau aber war im ganzen Hause tätig. Sie war älter als ihr Mann, über achtzig. Am Morgen lief sie über die noch feuchten kiesigen Wege und las die Schnecken von den Blättern ab, oder sie stand am Waschtrog. Nach Tisch ließ sie ihre Holzschuhe an der Haustür stehen, stieg rasch in dicken wollenen Socken lautlos die hölzerne Treppe hinauf, und während die junge Küchenmagd, in ihrem heißen Dachzimmer, quer übers Bett geworfen, träge sich dehnte, wusch die Alte das Geschirr und erhielt ein Stück Fleisch oder ein bisschen Gemüse als Lohn für ihre Arbeit. Am Abend aber wurde sie nicht schläfrig und lehnte lang mit verschränkten Armen auf der Bank vor dem Haus und sprach mit den Dienstmädchen.

Wenn Paul vor dem Schlafengehen noch eine Weile im Dunkeln am offenen Fenster saß, hörte er dann ihre Stimme. Befremdend formten sich in ihrem zahnlosen Mund alle Worte; in immer gleichem Ton, hart und ungerührt, fielen sie wie versteint von ihren schmalen Lippen. Was ihre alten wimpernlosen Augen gestern gesehen, und was sich vor zwei Menschenaltern ereignet, schien gleich ferne ihr zu sein. Wie Kinder, die noch nicht gelitten, erzählen - mit starrer grausamer Sachlichkeit - erzählte die Alte, und ihre Stimme kam durch die Nacht zu ihm, wie von weither dringend, aus eisigen verödeten Tälern, deren totes Gestein nie mehr der warme Atem lebender Menschen streichelte.

Er sah zu ihr hinüber. Durch das Fenster oberhalb des Lehnstuhls drang jetzt grelleres Licht. Die Sonne stand tiefer. Über das blasse Blau der Bettdecke legte sich schwarz der Schatten des Fensterkreuzes. Die Schatten glitten immer tiefer über die schlafende Alte hin, und es schien, als würde sie widerstrebend, ruckweise aus dem früheren Dunkel ins Licht gezerrt. Ihre Ellbogen ruhten auf den Armlehnen; über der blauen Kattunschürze lagen ihre gelben Hände mit verschränkten Fingern, und der Kopf war im Schlaf weit zurück in den Nacken gesunken. Straff angezogene Scheitel graugrünlichen Haares waren an ihre Schläfen gepresst, und zwischen den dünnen Strähnen glänzte gelblich die Kopfhaut. In tief einsinkenden Höhlen spannten sich verschrumpfte rotgeränderte Lider über die Augen. Spitz ragte die Nase vor. Unter ihr verschwanden fast die verkümmernden Kiefer, und der zahnlose Mund schien die eigenen Lippen einzuschlürfen. Welk hing die Haut von dem mageren zurückgeworfenen Hals; wie losgelöst von ihm spannten sich die Sehnen - entblößt liegend, gleich Wurzeln eines absterbenden Baumes, die verdorrt aus der Erde sich strecken.

Tief durchfurcht war ihr Gesicht. Wie gepflügt und immer wieder überpflügt von einem langen Leben. Denn die Taten und das Leiden und die Gedanken vieler tausend Tage hatten rastlos ihre Spuren in dieses Feld gegraben. Was ein Tag aufgewühlt, glättete der nächste, und der dritte riss es wieder auf; und nach Jahren fand das Leben längstvergessene Geleise und scharrte sie unauslöschlich tief. Immer und immer wieder hatte das Kümmern um das tägliche Brot ihre Brauen sorgenvoll nach oben gezogen, und

Sorgenfalten furchten sich - eindringlicher als alle andern und alle andern beherrschend - in großen Wellen über ihre schmale Stirn. Von den Nasenflügeln zum Mund zogen sich tiefe Rinnen. Leiden hatten sie gerissen; mehr die Schmerzen vielen Gebärens als die vergessliche Trauer des Begrabens. Aber neben ihnen hatten sich rundliche Runzeln um die Mundwinkel gelagert. Von frommem Sichfügen erzählten sie und von vielem Beten. Von Gebeten in erstickender Sonnenglut auf den Feldern, wenn das Mittagsläuten die langgebeugten schweißüberrieselten Rücken schmerzend sich aufrichten ließ, von anderen, des Nachts noch rasch vor sich hingesprochen, ehe der Schlaf über die abgemühten Glieder fiel, und von solchen, die im Glanz des Hochamts in zuversichtlichem Gesang von ihren Lippen sich erhoben. Und in dem Gewirr sich überkreuzender Linien sah er noch andere, überdeckt von schärfer gezogenen - kaum erkenntlich. Feine zerknitterte Fältchen waren auf den Wangen und schlängelten sich von den Augen zu den Schläfen. Denn die Alte, die da schlief, war ein Kind gewesen, das in sonnigem Garten mit seinen eignen nackten Füßchen spielend saß und dessen Augen leer und glücklich lächelten. Und das jauchzende Lachen gewonnener Kinderspiele, mit erhitzten Wangen und flatterndem Stirnhaar, und das dunkle Lachen, halb erstickt wie Taubengurren, wenn nachts - auf dem Heimweg vom Tanz über weiche Wiesen hin - die Hand des Burschen gierig an sie rührte.

So schien es, als hätte das Leben - ein großer Künstler - mit geduldigen Fingern rastlos daran gearbeitet, ihr Antlitz zu formen. Zusammengepresst, gedichtet auf einen Raum, den zwei flache Hände klagend bedecken konnten, waren die Taten und Leiden und Gedanken vieler tausend Tage. Starr, wie eine künstlich getriebene Maske von Erz, lag ihr Antlitz da. Seine Arbeit war vollendet, und leise, mit unmerklichen Schritten, trat das Leben von seinem Werk zurück. Langsam starb seit Jahren das Empfinden, dessen Ausdruck jetzt die Züge nur noch logen; was Leben schien, war nur die Wärme erkaltenden Metalls.

Sie schlief mit starkem ruhigem Atmen. Er kannte diesen tiefen Tagesschlaf ganz alter Leute, die vor Sonnenaufgang erwachen und mit offenen wimpernlosen Augen daliegen, den Tag erwartend. Für die es nichts mehr gibt, von dem sie denken: ›Wenn das vorüber sein wird‹, und für die kein Tag da ist - so ersehnt, dass alle anderen bloß der Weg zu ihm scheinen. Und denen dann alle Stunden zu kraftlos sind, um noch einen Inhalt zu ertragen: Nur Stunden des Tages, und Stunden der Nacht - und zusammen nur Zeit, die verrinnt.

Er hob den Kopf. Vom Garten her klangen schrille Kinderstimmen, wie im Streit oder im Spiel. Die Fensterscheiben erzitterten in leisem Klirren. Woher nur Kinder in den Garten kamen? Oder fuhren die in einem Boot das Ufer entlang, und das Wasser trug den Schall so deutlich her?

Beunruhigt in ihrem Schlaf bewegte sich die Kranke,

aber sie schlief weiter; nur die halboffenen Lippen schienen Worte zu formen. Paul neigte sich über sie; sie sprach nicht. Seit Tagen und Tagen horchte er mit verhaltenem Atem auf die leisen Worte, die verhauchend über ihre kaum bewegten Lippen wehten. Wenn er allein war, sprach er sie nach und suchte ihren Ton. Er wollte sie festhalten; und bei jedem ›Ja‹ und bei jedem ›Nein‹ dachte er, ob es nicht das letzte sein würde, das sie gesprochen. Qualvoll wand sich jeder Tag vom Morgen bis zum Abend, jeder gestrige schien noch beneidenswert, und schön und wie gewesenes Glück die erste Zeit ihres Krankseins. Wo sie noch manchmal für eine Stunde sich von ihrem Bett erhob, und schwankend mit schmalen suchenden Fingern an den Sessellehnen sich forttastete; und auch noch später, wenn er ihren armen dürftigen Leib, der immer leichter wurde, über die Holztreppe hinauf ins Speisezimmer tragen durfte, zum großen weidengeflochtenen Lehnstuhl hin, in dessen roten gelbgeblümten Polstern noch der Abdruck ihrer Formen war.

Sie sprach damals noch von ihrer Krankheit. Er hatte ihr erklärt, dass es Monate dauern könnte, bis sie ganz gesund würde, und sie schien es zu glauben. Aber wenn er an ihrem Bett saß und sie beide schwiegen, mied er ihren Blick; log er auch geschickt genug? Glaubte sie ihm seine scherzende Sorglosigkeit? Ein einziges mal hatte sie vom Sterben geredet; ganz am Beginn der Krankheit, als sie von ihren verarmten, weitläufig Verwandten sprach, die sie manchmal unterstützte, war sie in Schluchzen ausgebrochen: ›Wenn ich tot bin, wer wird sich um die kümmern?‹

Und Paul hatte in ratloser Hast ihr zugesprochen, sie beruhigend mit Worten, die er verwünschte, kaum dass er sie gesagt - so plump und verräterisch waren sie ihm erschienen. Aber nie wieder seither schien sie an den Tod zu denken. Nur die Art, wie sie mit ihm sprach, änderte sich, je länger sie litt. Anfangs lag im Ton ihrer Worte immer ein demütiges Entschuldigen und wie eine Bitte um Verzeihung, dass sie allen so viel Mühe mache. Später aber schien sie sich daran zu gewöhnen. Stundenlang musste er dann bei ihr sitzen, seine Hand zwischen ihren heißen fiebernden Händen. Sie schwieg; nur manchmal hoben sich, wie mit mattem Flügelschlag, langsam ihre Lider und sie sah ihn an; ruhig und lange. Alle Kraft aus ihrem hilflosen Körper schien sich in diesem langanschwellenden Blick zu sammeln; als wollte sie sein Bild fester erfassen, um es mit sich zu nehmen, dorthin wohin sie ging.

Und die Zeit kam, wo er sie nicht mehr küssen durfte, wenn er am Morgen an ihr Bett trat, und am Abend von ihr ging; denn die Kranke fühlte sich geängstigt und in Atemnot, wenn er sich über sie neigte. Am Morgen setzte man sie in ihrem Bett aufrecht und wusch ihr mit erfrischendem Essigwasser Gesicht und Hände, die sie gehorsam der Wärterin hinhielt, und kämmte sie. Sie verlangte keinen Spiegel mehr; nur manchmal, wenn man ihr ein frisches Hemd überwarf, sah sie einen Augenblick lang an ihrem eigenen Körper hinab, und schüttelte verneinend den Kopf - wie vor Unbegreiflichem. Dann lag sie mit noch feuchtem Stirn- und Schläfenhaar ermattet auf zurechtgerückten Polstern und sah nach der Türe, ihn erwartend. Wenn er kam, grüßte sie ihn nur mit den Augen, und ihre Lippen quälten sich zu einem Lächeln. Nur wenige Worte sprach sie tagsüber, und zwischen den einzelnen musste sie rasten. Gleichgültiges klang schwer, wie trunken, von tiefer trauriger Liebe, und mit jedem ihrer Worte schien eine Wunde sich zu öffnen, aus der ihre Zärtlichkeit unstillbar sich verblutend rann.

Seit vorgestern nachts hatte sie nicht mehr gesprochen. Jedes Wort wusste er noch. Gegen drei Uhr früh war sie wach geworden; er hatte sich übers Bett geneigt. ›Wer ist das?‹, hatte sie gefragt. Und er, in Angst, dass sie ihn nicht mehr erkenne: ›Kennst du mich denn nicht?‹ Ein leises Auflachen, das wie in Atemnot abbrach, und eine Pause, als müsste sie sich erholen, dann eine Stimme, schleppend wie die eines Kindes, das vorwurfsvoll verhalten klagt: ›O ja du bist ja mein lieber Paul.‹ Ihr Atem ging rascher, und die Worte huschten jetzt über ihre Lippen wie das leichte plauschende Gezwitscher eines jungen Vogels, der müde, immer leiser, sich zögernd in den Schlaf singt: ›Ihr - ihr wollt mich immer so dumm machen ... als wenn ich euch nicht erkennen möcht'...‹ Er kniete neben dem Bett nieder, und küsste und streichelte ihre Hand: ›O nein, du bist nicht dumm, du bist gescheiter als wir alle!‹ Sie schwieg und schloss die Augen: ›Trinken!‹ Sie bewegte ungeduldig die trocknen fieberversengten Lippen. Die Alte war aufgestanden und hatte, die Flasche gegen das Licht haltend, einen Löffel Cognac in ein Glas Milch gegossen. Paul hatte seinen Arm um die Kranke gelegt und sie mit dem Polster langsam aufgerichtet. Durch den lockeren weichen Polster fühlte er an seinem Arm die Rückenwirbel der Kranken. Sie neigte durstig den dünnen Hals zum Rand des Glases; er hörte ihr Schlucken, das sie anzustrengen schien; während sie gierig trank, sah sie ihn unverwandt nachdenklich an. Er erschrak; wenn sie ihn jetzt fragen würde: ›Muss ich sterben?‹ Aber sie setzte im Trinken ab und versuchte ihm zuzulächeln; dann holte sie tief Atem: ›Gut‹, sagte sie und nochmals bekräftigend voll Dankbarkeit: ›Gut.‹ Dann schloss sie die Augen, und er hatte sie langsam in ihre Polster zurückgleiten lassen.

Kein Wort mehr hatte sie seither gesprochen. Sie verstand, was man ihr sagte, aber sie antwortete nur mit leichtem Nicken. War sie zu schwach, um zu reden, oder wollte sie es nicht mehr, oder war es die Betäubung des Morphiumschlafes, die auch im Wachen sie nicht ganz verließ? Er wollte nicht mehr darüber nachdenken. Nutzlos quälte er sich ab. Er wollte es versuchen, in dem Band von ›Tausend und eine Nacht‹ zu lesen, den er von oben mitgenommen. Dort, wo ein schmaler altmodisch gefalteter Brief als Lesezeichen lag, schlug er das Buch auf. Es war die zweiundsiebzigste Nacht; er las. Aber es schien, als weigerten sich die Worte, sich ineinander zu fügen und zu verschlingen, um von Aminens Schicksal zu erzählen. Wie gegen Erzwungenes sich auflehnend, standen sie da und wiesen mit Fingern auf sein eigenes Geschick. Es zu vergessen, hatte er sie zu Hilfe gerufen - und von nichts anderem wussten sie nun zu reden. Er las: ›Ich liebte dich, weil ich ein unverständiges Mädchen war, ich kannte noch nicht die Liebe; strafe mich also nicht mit dem Tode, denn ich bin erst ein Lehrling.‹ Er brach ab. Aber er zwang sich, weiter zu lesen, die Worte vor sich hinflüsternd und auf sie horchend, als müsste ihr Klang seine Gedanken scheuchen. ›Mit der ganzen Last der Sehnsucht hast du mich beladen, und ich trage kaum meine Gewande.‹ Er las nicht weiter. Er schloss die Augen und presste die Zähne aufeinander, sich wehrend gegen Tränen, die erstickend in seiner Kehle aufquollen. Er legte das Buch neben sich auf den Boden, ballte die Fäuste, grub die Nägel schmerzend in sein eigenes Fleisch und hielt den Atem an. Dann öffnete er die Augen; sie waren trocken geblieben, nur die Lider waren heiß und schwer geworden.

Er sah die Kranke an. So musste sie ausgesehen haben, bevor er sie noch kannte - als Kind. Wie das Haupt einer Ertrunkenen schwamm ihr blasses Gesicht auf der überreichen Flut der dunkeln Haare. Unfähig, Schweres zu tragen, waren die schmalen Kinderschultern. So abschüssig fielen sie von dem dünnen Hals, dass es schien, als müsste selbst Schmuck haltlos über sie gleiten. Zu einer kraftlosen bettelnden Gebärde öffneten sich ihre Finger. Leise schob er seine Hand heran, bis er die ihre streifte, und ließ sie dann dort ruhen; noch einmal wollte er sie fühlen.

Aber ihm war, als rühre er nur an sein eigenes Fleisch. Das zarte blaue Geäder ihres Halses war geschwellt. Sonst hatte es, schimmernd auf weißem Grund, seinen Lippen den Weg gewiesen vom Nacken her zu den Brüsten - nun schien es die Straße, auf der, gehetzt vom Fieber, ihr Leben sich zu Tode lief.

Geschlechtslos schien sie ihm; nur mehr etwas, was litt und starb, und vorher lange neben ihm geschritten war, mit hungernden Augen von ihm den Inhalt des Lebens sich erbettelnd. Denn an ihn hatte sie geglaubt, als wäre ihm die Kraft und Tugend aller Dinge zugewachsen, die er ihr zerstört und die schwächer gewesen als sein Wort. Und nun starb sie; voll von schweren unruhigen Gedanken, die er in sie geworfen. Hilflos trieb sie den dunklen Fluss hinab - verfangen in die prunkende Vielfalt seiner Seele, in die er sie gehüllt. Er hatte geglaubt, sie trüge, frei von aller Schwere, wie Schmuck, das Wissen, das lange verworren auf ihm gelastet war; und er fühlte jetzt: Mit der ganzen Last der Sehnsucht hatte er sie beladen, und sie trug kaum ihre Gewande.

Er stand auf und holte tief Atem. Die Alte dort am Fenster schlief noch immer. Er schritt zum anderen Fenster; leise stieg er die drei hölzernen Stufen zur Nische hinan und sah hinaus. Der untere Rand des Fensterrahmens stieß an den gelben Kies des Weges. Vor ihm war, bedeckt mit frisch gemähtem Heu, ein schmaler Wiesenstreif, der sich hinab zum Ufer senkte. Regungslos lag der See. Die Berge an seinem Saum wuchsen schwarz in seine Tiefe und gipfelten von neuem darin; der blaue Himmel lag tief unten und, blitzend, auf dem Grund die weißblendende Sonne. Junge Weiden standen am Ufer. Die äußersten Spitzen ihrer hängenden Zweige berührten die Wasserfläche und stießen an ihr eigenes Bild. Im unbewegten Spiegel des Sees sah er einen Vogel im Flug durch die Zweige gleiten. Ein silbernes Blitzen zerriss das Bild; ein Fisch war emporgeschnellt, und in immer weiter verrinnenden Kreisen wellte das Wasser. Langsam wurde die Fläche wieder glatt; aber Paul sah nicht mehr die Zweige der Weiden in der dunklen Fläche sich spiegeln. Er sah, wie der lichte Seeboden noch eine Strecke flach verlief, und dann zwischen leicht schwankenden dunklen Wasserpflanzen sich langsam zur Tiefe senkte. Aus dem feingeschlämmten Sand, hart am Ufer, ragten kleine Zweige. Im grellen Sonnenlicht sah er Muscheln, die im Boden staken, und auf dem lichtgelben Grund des seichten Wassers war der Schatten eines Hechtes, der lauernd stand.

Das frühere Bild war verloren; seine Augen verstanden es nicht mehr, nur die dunkle Fläche des Wassers zu sehen, die spiegelnd die Berge und Himmel und Sonne in sich fing. Fast wider Willen musste er durch das sonnenhelle Wasser dorthin starren, wo zwischen wuchernden Wasserpflanzen der Boden des Sees in die Tiefe fiel. Silbern glänzende Luftblasen stiegen perlend durch das dunkle Wasser nach oben und barsten, leichte Kreise ziehend. Er sah nicht mehr die Gipfel der Berge im See sich spiegeln. Er wusste, dass sie aus dem Seeboden stiegen und nur der Rand des tiefen Beckens waren, das die Wasser von ringsum in sich sammelte. Sickernde Wasser aus Felsspalten, die zwischen Baumwurzeln und feuchtem vollgesogenem Moos bergab rieselten, und graue stürmende Gletscherwasser in aufgerissenen Rinnen, und die Quellen des Seegrundes, die, an verborgenen Feuern gewärmt, lau aus der Tiefe quollen. Und von vielfältigem Leben war der See erfüllt. Seine Wasser tränkten die Wurzeln der Silberweiden, die im Frühjahr ihre Blüten über ihn schüttelten, stahlblaue Libellen wurden in ihm geboren und wuchsen lange unscheinbar in ihm auf, ehe sie mit glitzernden Flügeln über dem Schilfgras der sonnigen Ufer zitterten, und durch das schwarzgrüne schwankende Dickicht der Algen strichen ungezählte Züge laichender Fische den mündenden Bächen zu. Seine unruhig schlagenden Wellen nagten unablässig an dem kahlen Gestein der Felsen; den heißen Winden, die über ihn strichen, gab sein Wasser erfrischende Feuchte, und aus Wolken, die sich über ihm ballten, lockte er die Blitze zu sich herab. Seinen eigenen Zwecken dienend, erfüllt von Lebendigem und Verwesendem war der See - mehr als bloß ein Spiegel, der Sonne und Wolken und Berge und ein Antlitz, das mit fragenden Augen sich über ihn neigte, in seiner glatten Fläche fing.

Er lehnte sich in die Nische und sah ins Zimmer. Durch die Stille hörte er die tiefen ruhigen Atemzüge der Wärterin und daneben den Atem der Kranken, der keuchend und gehetzt über ihre Lippen strich. Ob sie noch reden würde? Und wieder suchte er in seiner Erinnerung nach Worten von ihr, die sie früher zu ihm gesprochen; aber wie er sie fand, schien es ihm, als wären es seine eigenen. Er dachte an ihr Gesicht, wie es früher gewesen, ehe die Krankheit kam. Aber er fand nur das fremde Lächeln auf ihren Lippen, das nicht ihr eigen war. Von Frauenbildnissen, deren große Schönheit fast quälte, und vor die er sie geführt, war es unbewusst auf ihre Lippen geglitten. Und woran immer er auch dachte - an ihren Blick und ihren Gang, an den

Klang ihrer Stimme, wenn sie im Dämmern neben ihm saß und sprach - hinter allem fand er nur sich wieder; und seine eigenen unruhig flackernden Gedanken starrten verzerrt ihn an, mit dem vertraulichen Lächeln Mitschuldiger. Es schien, als hätte sie es ihm leichter machen wollen; nur sich selbst brauchte er zu lieben, dann musste er auch sie liebhaben, so sehr war sie erfüllt von ihm. Und nun starb sie. Halb offen standen ihre Lippen, bereit zu reden, als hätten sie noch viel zu sagen; und nie würde er erfahren, was stumm in ihr gestorben war. Wo war ihr eigenes Leben, mit dem sie erfüllt war, ehe er sie gekannt, und das er ihr zerstört? Einfältige überlieferte Worte, die man sie gelehrt und mit denen sie Gott gesucht und immer gefunden hatte, und ihre Gedanken, die nach rückwärts hin nur bis zu ihren Eltern gingen, und in die Zukunft nur bis zu Kindern, die sie ihm nicht geboren. Und ihr Leib, der nicht den Reiz fremder Erinnerungen sich hätte borgen müssen, und dessen Schönheit, wie die der Pflanzen, mit starkem Lebenswillen eins, aus ruhigem Wachsen und reicher Nahrung und vielem Licht, notwendig sich entfaltet hätte. So wäre sie neben ihm gewesen; mit hellen Augen, in denen nur der Tag und die Stunde waren, und die das Wissen zu vieler gewesener Dinge nicht dunkeln machte. Ihr eignes volles Leben hätte sie ihm geschenkt, mehr als bloß ein Spiegel, aus dem seine unruhig flackernden Gedanken und seine Sehnsucht und seine Zweifel widerstrahlten.

Langsam schien sie seiner Herrschaft zu entgleiten. Wie sie schlafend dalag, war aus ihren Zügen alles gelöscht, was nicht ihr eigen gewesen. Wie eine Maske war es von ihr gefallen, und nur ein blasses Kindergesicht blieb da. Die Kranke bewegte sich unruhig. Paul trat ans Fußende des Bettes. Ein leichtes Ringen mit dem Schlaf, dann schlug sie die Augen auf. Sie sah Paul; aber über ihn hinweg ging der Blick ihrer Augen auf etwas, was Paul nicht sah. Zwischen zusammengezogenen Brauen waren zwei tiefe Falten auf ihrer Stirne. Abweisend und verächtlich sah sie vor sich hin, als dächte sie ernst und angestrengt nach; niemand konnte ihr helfen, denn sie alle begriffen nicht, was ihr wichtiges Geschäft war: Sie hatte zu sterben.

Und Paul verstand jetzt ihr Schweigen. An die abgefallenen Blätter musste er denken, die im Herbst auf den Kieswegen der Gärten lagen. Braun und verdorrend rollten sich die, von beiden Rändern her, gegen die Mitte zusammen, abwehrend, als wollten sie von nichts mehr wissen. So schien die Sterbende alles von sich abzuwehren; sie wollte allein sein zum Sterben - ganz allein - wie man im Mutterleib es war, ehe man geboren. Er trat an den Bettrand und strich liebkosend leicht über ihre Hand. Sie sah ihn an, dann schien sie verächtlich ihren Blick von ihm zu wenden. Wie ein Betrüger kam er sich vor; um Unermessliches ging der Handel, und seine Bettelware sollte Wert für sie haben? Sie starb; von allem Lebendigen musste sie weg - und mit kindischem Liebkosen wollte er sie trösten? Er empfand Scham. Was konnte er ihr sagen, was ihr nicht gleichgültig erschiene? Dass er sie sehr lieb habe? Oder dass er die ganze Zeit her ihr treu gewesen sei? Das waren Dinge, gut zum Reden für Leute, die lebten und geschäftig ihr Leben mit großgezerrten kleinen Freuden und lächerlichem Jammer füllten und noch viel Zeit hatten; hier starb man - und Geschwätz war alles andere.

Er setzte sich in den weidengeflochtenen Stuhl. Wie das Geflecht aufstöhnte, sah sie ihn an. Klar und unbestechlich war ihr Blick; er schlug die Augen vor ihm nieder, als fühle er sein Verbrechen: Dass er am Leben blieb, und dass sie sterben musste. Kläglich und verächtlich war sein Schmerz; nur erbärmliches Mitleid mit sich selbst. Freilich blieb er allein zurück. Aber eine reiche Welt voll wechselnder lebendiger Schönheit durften seine Augen noch viele, viele Tage sehen - und die ihren mussten jetzt erblinden; unter halb gesunkenen erstarrenden Lidern würden sie nichts mehr sein als eine gewölbte Fläche, glatt und eisig, und bald etwas, was von Verwesung triefend zerrann.

Er sah auf, denn er fühlte, wie ihr Blick ihn losließ, und von ihm weg sich wandte. Über die Dinge ringsum wanderten ihre Augen, und er, der da an ihrem Bett saß, gehörte nur mit dazu. Nur eines von dem vielen, wovon sie lassen musste, war er; nicht viel mehr als die roten duftenden Beeren dort in der Schale, und der hohe Mohn, der auf lichtgrünen schlanken Stielen in roter Glut zu ihr herüberleuchtete - und viel geringer als die heiße Sonnenflut, die durchs Fenster zu ihr floss, und die Luft, die gut zu atmen war - so gut. Neidisch tastete ihr Blick über die Ringe an ihren Fingern und den lichten geschnitzten Ahornschrank an der Wand; das alles lebte ja nicht, aber es durfte noch dauern. Ein unerhörtes Unrecht geschah ihr; höhnend lebte eine

Welt weiter, und sie allein musste sterben. Keines half ihr zum Leben, niemand starb mit ihr - und in ihren Augen war der hilflose Hass der Sterbenden gegen alles, was lebte. Er ertrug ihr Schweigen nicht; er musste reden. Er hielt ihr die Schnur lichtwolkiger Bernsteinperlen hin: ›Schau - das hab' ich dir mitgebracht!‹ Abwehrend hob sie die Hand; ihre abgemagerten Finger waren rot von der Sonne durchleuchtet. Dann fiel ihre Hand kraftlos herab, und die zu groß gewordenen Ringe glitten leise klirrend von ihren Fingern und kollerten zu Boden; sie schien es nicht zu bemerken.

An ihren Augen sah er, dass sie misstrauisch gegen das Fenster hin horchte, und auch er hörte jetzt wiederum Kinderstimmen. Sie kamen näher; er unterschied ein lautes Weinen. Es war das boshafte, immer neu einsetzende Weinen eines Knaben, der andere damit strafen will. Darüber hin schwirrten andere Stimmen: höhnende und solche, die laut stritten. Er hörte das Schlürfen von Schritten auf dem knirschenden Kies, dann sah er die Füße der Kinder vor dem Fenster: Grelle Wollstrümpfe, die von den Knien herabgeglitten waren, und nasse Schnürschuhe mit messingbeschlagenen Kappen. Einer klopfte jetzt mit dem Fuß ans Fenster - dann schienen alle zu fliehen, und ein Sandregen sprühte gegen die Scheiben. Paul war aufgestanden. Er sah den unruhigen Blick der Kranken. Woher nur Kinder in den Garten kamen? Er ging rasch zum Fenster und drückte sich in die Nische. Nun schienen sie wiederzukommen; er hörte ihre vorsichtig schleichenden Tritte. Jetzt mussten sie gleich da sein – er sah ihre bläulichen Schatten auf dem gelben Kies – und jetzt schrie es draußen auf, und sie waren da und pressten ihre grinsenden Gesichter an die Scheiben. Einen Augenblick lang nur sah er ihre flachgedrückten Züge, verzerrt und unfertig wie die von Ungeborenen; dann hatte er drohend die Faust gegen sie geballt und, vergessend, dass das Glas sie von einander trennte, schlug er gegen sie los. Durch das Klirren der Scherben und das Schreien der Kinder gellte die Stimme der alten Wärterin: ›Jesus – die Frau stirbt!‹ Er stand schweratmend da; seine geballte Faust fühlte er voll schneidender Glassplitter, und heiß rieselte das Blut herab. Der Oberkörper der Kranken war aufgerichtet; ihre Augen starrten weit aufgerissen und entsetzt ... sie hatte verstanden, was die Wärterin gerufen. Und Paul wollte zu ihr hin, aber er konnte nicht. Er hörte den Tropfenfall seines Blutes auf den Dielen, und seinen eigenen Atem, und den der Wärterin, und den der Sterbenden. Er wollte zu ihr hin, aber er konnte nicht vom Boden weg; die Wärterin wollte er anrufen – warum stand sie denn untätig da – aber seine Stimme erstickte in seiner Kehle. Nur hinsehen musste er. Rasch ging der Atem der Sterbenden; nun schien er tiefer und feierlich langsam zu werden; einmal ... und noch einmal ... dann schob sie die Unterlippe verächtlich vor, und, tief den Atem schöpfend, blies sie ihn über ihre Lippen weg ... und sank nach vorne. Ihr Oberkörper glitt über den Bettrand, und, überfallen von Haaren, schlug ihr Kopf dumpf auf dem Boden auf. Paul schrie auf, aber er hörte seine Stimme nicht, sie erstickte in ihm; und nochmals schrie er, und nun fühlte er, dass etwas riss. Seine eigene Stimme stieg gellend auf ... und er war wach. Schweratmend saß er in seinem Bett aufrecht.

Er wollte reden, aber zu wem? Er war ja so allein in seinem Zimmer wie vorher, als er einschlief. Von draußen fiel helles Mondlicht ins Zimmer; auf seiner Bettdecke lag schwarz der Schatten des Fensterkreuzes. Er konnte nicht lange geschlafen haben; gerade so lange, als der Schatten gebraucht, um von der Wand herab auf die Bettdecke zu gleiten. Er horchte; neben sich hörte er das Ticken seiner Uhr. Er legte sie vor sich hin ins Mondlicht: Dreiviertelins vorbei. Er erschrak; das war ja nicht möglich! Viertelins hatte er noch vor dem Einschlafen schlagen gehört, und er war jetzt so wach, so ausgeschlafen! Er starrte auf den Schatten des Fensterkreuzes; an was erinnerte ihn der nur? Er dachte angestrengt nach ... jetzt hatte er es ... nein, jetzt war es wieder weit weg von ihm und schien immer tiefer zu versinken. Und mit einem Schlag war es wieder da: Auf mattblauer Seide der Schatten des Fensterkreuzes, und über die lichten viereckigen Felder und über die dunkeln Stäbe hin verstreut, Blumenblätter von tiefviolettem Mohn mit weißem zerschlissenem Saum. Und eine schmale Hand mit welken Fingern, kraftlos zu einer bettelnden Gebärde sich öffnend ... und alles wusste er jetzt wieder. Dass sie tot war, und dass er sie nie wieder sehen würde, und er fühlte, wie etwas sich in ihm löste, und er konnte aufschluchzen, und endlich weinen. Aber nein ... das war ja Wahnsinn; sie lebte ja; noch vor kaum drei Stunden war er ja da unten am Wasser ihr begegnet! Ja die lebte; aber die war ihm ja gleichgültig. Nur ihre Züge hatte er der andern geliehen, die gestorben war. Was wusste er denn von der Lebenden, und was war sie ihm? Ein paarmal, wenn er auf einer Bank am Wege saß, war sie an ihm vorübergeschritten, und ihr blasses Gesicht hatte ihn nachdenklich gemacht. Was ging sie ihn an? Er kannte ihren Namen nicht; ob sie Eltern hatte, Geschwister, woher sie kam, nichts wusste er, und es war wertlos für ihn, es zu erfahren. Die, die gestorben war, die liebte er.

Er neigte sich der Wand zu und presste seine Stirne an die kalte Mauer. Wie gut das tat; nun konnte er wieder denken. Was war denn geschehen? Also: Er war am Abend den Fluss entlang gegangen, ja, aber vorher? Vorher hatte er lange mit Georg geplaudert und war dann müde allein am Fenster gesessen. Aber warum war er denn nur noch hinuntergegangen? Ja, so war's: Der Doktor hatte ihn von der Straße her angerufen und mit ihm gesprochen; das hatte ihm den Schlaf vertrieben, und er war dann noch allein unten den Fluss entlang gegangen. Und dann? Dann hatte er sich schlafen gelegt und hatte lebhaft geträumt und jetzt war er wach, das war alles. Aber wenn er nur geträumt hatte, warum war dann noch jetzt, da er wach war, dieser Schmerz in ihm? Als wäre ihm wirklich die gestorben, von der er geträumt. Die gab es ja doch gar nicht! Rasch - wie die Dinge des Traumes ihre Körperlichkeit verloren - mussten ja auch die Gefühle schwinden! Jetzt schon schien alles zu verblassen, und er musste ein wenig nachdenken, wenn er sich an das Zimmer erinnern wollte, in dem er im Traum gewesen, bevor er hinab in das Krankenzimmer ging. Wie sonderbar doch der Traum dichtete! Er kannte ja gar kein Haus, das dem glich, von dem er geträumt hatte; und was war das doch für ein Landgut gewesen, auf dem er bei seinen Großeltern das Frühjahr verbrachte? Er hatte doch seine Großeltern gar nicht gekannt! Und er selbst war auch ein anderer gewesen; oder kannte er sich im Traum besser als im Wachen?

Er setzte sich auf dem Bettrand aufrecht. Er fühlte die kühle Nachtluft, die durchs Fenster kam und den Duft frisch gemähten Heus von den Bergwiesen herübertrug. Die Linden des Gartens drängten ihre Zweige hart ans Fenster, und ihr regungsloses Laub schien ein dichtes Gitter dunkler Herzen. Auch von den Bäumen da musste er geträumt haben - er fühlte es noch -, aber er wusste nicht mehr, wo er sie in seinem Traum gesehen. Es schien ihm, als wäre der kurze Schlaf mit unendlich vielem erfüllt gewesen; nichts Gleichgültiges hatte es da in seinem Leben gegeben. Keine leeren Stunden, die nur die Brücken zu erhofften reicheren waren; und nichts, das wertlos am Wege stand und an dem man fremd vorüberging. Ihm hatten alle Dinge ihr Antlitz zugewandt, er konnte nicht an ihnen vorüber; um seinetwillen waren sie da, und ihr Schicksal vermochte er nicht von dem seinen zu lösen. Er stand auf und trat ans Fenster. Er stieß den zweiten Flügel auf, neigte sich über die Brüstung, und sah hinaus. Dichte milchweiße Nebel hingen über den Dächern und den Baumwipfeln. Auf der hölzernen Brücke lag der rote Schein der Lampe, die zu Füßen des heiligen Johannes von Nepomuk brannte. Der Regen musste die Traun geschwellt haben; stärker als sonst klang ihr Rauschen an den Brückenpfeilern. Hart vor dem Fenster lief der Röhrbrunnen. Er hörte, wie der dünne Strahl leise singend ins Wasserbecken rieselte, und dann wieder - vom kühlen Nachtwind zur Seite geweht - auf den Steinen ringsum auffiel und zersprühte. Voll feuchter Frische war die Luft; er trank sie mehr, als er sie atmete. Über die Gipfel der dunkeln Berge weg, glitten weiße Wolken, und in den Tälern lagen feuchte Nebel gebettet und wiesen den Weg, den das Wasser hinaus in flacheres Land lief. Wie aus fensterlosen versperrten Räumen entwichen, fühlte er sich; die Unruhe und Überfülle des Traumes ängstigte ihn nicht mehr; Raum war hier, und freie Luft.

Er trat vom Fenster zurück und setzte sich auf den Rand des Bettes. Er hörte das tiefe Atmen Georgs, der im Nebenzimmer schlief. Er wandte sich und schüttelte die Polster locker; dann legte er sich nieder und erwartete den Schlaf.

An nichts mehr wollte er denken; nur ans Einschlafen. Er sah auf seine Hände, die vor ihm im Mondlicht auf der Bettdecke lagen. Über die Gelenke fiel der schwarze Schatten des Fensterkreuzes. Er schloss die Augen und fühlte, wie seine Glieder wehrlos wurden und sein Kopf langsam nach vorne glitt. Aufgeschreckt warf er den Kopf zurück; er hatte an ihre armen mageren Hände gedacht, von denen die Ringe herabfielen; nie mehr würde er sie sehen. Aber er wurde wieder ruhig; es gab ja keine, die er geliebt hatte und die gestorben war. Das war nur ein Traum gewesen; und der war zu Ende; jetzt war er ja wach, ganz wach. Er schlief.

Kapitel 3

Als der Träger die Reisetasche in das Netz des schmalen Halbcoupés gelegt hatte und gegangen war, schloss Paul die Türe und zog die Vorhänge zu. Dann trat er zum Fenster. Er sah, wie der Träger den Zug entlang bis zu den Gepäckwagen ging, vor denen der Stationschef im Gespräch mit zwei Bahnbeamten stand. Der Träger schien etwas zu melden, dann ging er und wies noch im Gehen auf den Waggon hin, in dem Paul saß. Unwillig riss Paul die Vorhänge des Fensters zu; sollte es denn wieder neue Schwierigkeiten geben? Er lehnte sich in die Ecke. Durch die dünnen lichtbraunen Vorhänge drang ungehindert die stechende Nachmittagssonne und weckte den hässlichen modrigen Duft des verstaubten Tuchs der Sitze. Aus einer Ecke des Netzes, in der auf Zeitungen eine offene geleerte Weinflasche lag, zog sich säuerlicher Dunst, der sich widerlich mit dem öligen Geruch frischer Druckerschwärze mischte. Er hörte Schritte über sich auf dem Wagendach und das langsame Schleifen einer Leine. Jetzt erst empfand er das Versperrte des Raumes. Von der niedern eisernen Decke schien die Hitze zu widerstrahlen, die sie auf langer Fahrt in sich gesogen hatte, und er hob den Kopf, um nicht an die schmutziggelbe Polsterung zu streifen, in deren gesteppten Nähten schwarzer Kohlenstaub lag. Er hätte am liebsten Fenster und Türen geöffnet, um Luft durch den schmalen Raum streichen zu lassen, aber er wollte noch warten. Da, auf dem Perron, gab es sicher Bekannte, die ans Fenster herankommen und ihn peinigen würden: mit den immer wiederkehrenden Worten des Beileids und den stummen, Empfindung bedeutenden, Händedrücken und ihrem teilnahmsvollen Augenaufschlag und ihrer unverhehlten Neugier. Er empfand Ekel vor den plumpen Worten, die seit gestern, unablässig, schwerfällig, mit widerlichem Gesumm, ihn umschwirrten. Es schien, als dächten sie alle dieselben Gedanken. Zuerst das Staunen darüber, dass ein so junger gesunder Mensch über Nacht gestorben sei. Die Rührung über die Schicksalstragik, die sie darin fanden, dass Georg kurz vorher eine Professur erhalten hatte, noch einige rasche Fragen nach Georgs Verwandten und wenn sie hörten, dass seine Eltern tot seien und dass er keine Geschwister habe, trösteten sie sich, und fanden den Übergang in ihren gewöhnlichen Gesprächston beim Abschiednehmen, und erklärten, dass schließlich ein Tod durch Herzschlag, ohne Schmerzen und Krankheit, jedenfalls der schönste Tod sei. Gereizt und erstaunt starrte Paul auf ihre Lippen, die so unfehlbar sicher, geschäftig dieselben Worte formten. Der gleiche Tonfall schien allen Unterschied der Stimmen zu verwischen, und alle glichen unheimlich verzerrt einander, wenn, wie fertige rasch gewechselte Masken, erst Staunen, dann Trauer, und Trost, und sichere Lebensweisheit, über ihr Antlitz sich legte.

Nun war auch das überstanden, und morgen früh, wenn der Sarg langsam zwischen ächzenden Seilen in die Gruft geglitten sein würde, war alles vorbei.

Vorgestern um diese Stunde war Georg angekommen. Den ganzen Nachmittag waren sie am offenen Fenster einander gegenüber gesessen. Von dem eintönig grauen Regenhimmel und den nebelverschleierten Bergen hob sich dunkel und scharf umrissen Georgs Kopf. Er hatte dem Fenster den Rücken gewandt, und hell umrandete das Licht seine Wangen, die braun gebrannt von der Sonne waren. In das unablässige leise Rauschen des lauen Regens klang voller und ruhiger Georgs tiefe Stimme. Ein Jahr lang hatten sie einander nicht gesehen. Aber sie sprachen von fast gleichgültigen Dingen. Sie wussten, dass ein zufälliges Wort oder das Dunkel am Abend in leeren Straßen, erst später ihnen die Zunge lösen würde, um sich anderes zu sagen. Aber es gab kein ›Später‹ mehr. Weit weg, als wäre es längst gewesen, schien jetzt die Nacht, voll schwerer unruhiger Träume, und der gestrige kühle Regenmorgen, an dem er noch nicht wusste, dass Georg tot war. Aber alles andere, von dem Augenblick an, da er im Haustor gestanden war und hinter sich auf der hallenden Holztreppe das Schreien und die sinnlos sich überstürzenden Worte der Magd gehört hatte, fühlte er wieder ganz nahe, und alle Sorge und Hast und der Arger des gestrigen und des heutigen Tages, zitterte noch in ihm nach. Das hilflose Warten, bis ein Arzt kam, der Unmut der Hausleute, die keinen Toten über Nacht im Hause haben mochten, das lange Ausbleiben der Antwort auf sein Telegramm, in dem er sich von Georgs Verwandten Verfügungen erbat, dann im Gemeindeamt und bei der Bahnverwaltung langwierige Gespräche und Unterhandlungen, der Streit mit dem Sargtischler, der Georgs Leichnam in einen zu kurz geratenen Sarg hineinzwängen wollte, all das hatte ihn unruhig und müde gemacht. Jeden Augenblick schrak er auf, als hätte er irgendetwas noch vergessen oder als gäbe es eine neue Schwierigkeit; und wie jetzt draußen die Wagentüren ins Schloss fielen, und nun ein kurzer Ruck nach rückwärts kam, und aus unruhigem Schwanken der Gang des Zuges immer rascher und gleichmäßiger wurde, fühlte er erleichtert, dass er dem Hässlichen und Wirren dieser letzten Stunden entwich.

Er öffnete Fenster und Türen und lehnte sich in die Ecke. Wie ein dünnes gelbliches Segel blähte der Wind den herabgezogenen Vorhang, hob ihn und glitt unter ihm weg, kühl und einschläfernd wie leises Fächeln, den Nacken entlang zu den Schläfen. Langsam gab er der Müdigkeit nach und ließ den Kopf nach rückwärts sinken. Unter schwer werdenden Lidern hervor sah er in der Glasglocke an der Decke das träge Schaukeln des Lampenöls; in das gleichmäßige Stampfen und Rasseln des Zuges klang manchmal zitternd ein hellerer gläserner Ton. Halb im Schlafdämmern klammerten sich Pauls Gedanken eigensinnig an diesen Ton; woher er nur kam? Von ganz nahe schien er zu kommen; in unregelmäßigen Zwischenräumen klang er immer wieder in sein Schläfern und machte ihn wach. Er setzte sich aufrecht. Der Ton schien über ihm zu zittern. Er sah nach oben und horchte auf die Wiederkehr des Tones. Nun war er wieder da und Paul sah, dass es die leere Weinflasche im Gepäcknetz war, die umherkollerte und an die Wagenwand oder an die eiserne Stange des Netzes klirrend stieß. Einen Augenblick nur folgte er dem grünlichen Schillern der

Flasche, die hin- und herrollte, dann waren seine Gedanken weit weg von ihr, und er musste an Georgs Sarg denken, der allein im Gepäckwagen stand, geschüttelt vom Stoßen des Zuges oder vielleicht zur Seite geschleudert, wenn der Zug holpernd über Weichen fuhr, und zwischen den Brettern des Sargs, wie in einer Kiste, nur viel schlechter und nachlässiger als ein Ding gepackt, das noch Schaden leiden konnte und Wert hatte, starr und wehrlos, Georg!

Er setzte sich aufrecht; aber er wusste, was ihn jetzt erschütterte, war nur der Tod, nicht Georgs Tod; Müdigkeit, Ärger über gleichgültige Leute, Unruhe und fast der Schatten eines leisen Vorwurfs gegen Georg, als wäre der an allem schuld, war in ihm, nicht Schmerz um Georgs Tod. Zu rasch war alles gekommen, als dass er Zeit gehabt hätte, sich zu besinnen. Georg war nicht mehr da, aber es schien ihm kein anderes Fernsein als sonst, und dass er nie mehr da sein könne, sprach er sich vor, verständnislos, mit betäubtem Erstaunen. Später vielleicht erst würde er um ihn trauern können; nachts, in menschenleeren stillen Straßen, wenn Qualvolles und Wirres in ihm nicht mehr lindernd sich zu Worten formen würde, weil Georg nicht mehr da war, sie zu hören; und später, viel später, wenn seine Augen, die dann nicht mehr viel erhofften, den suchen würden, der dieselben Sommer wie er ›Jugend‹ nannte und in dessen kühlem Altern Erinnerungen sich heiß und süß emporsogen, wenn er zu ihm sagte: ›Weißt du noch?‹ Aber Paul fühlte, auch das würde nur der Schmerz sein, dass Georg ihm gestorben war, nicht dass Georg nicht mehr leben durfte.

Er stand auf und trat in den Seitengang; er setzte sich auf den niedern Klappsitz und sah hinaus. Auf hoch aufgeschüttetem Damm lief die Bahn. Tief unten wanden sich zu Dörfern hin, breite graue Straßen, schwarz gestreift von den Schatten hoher verstaubter Pappeln. Zusammen mit Schotterhaufen und steinernen Radabweisern säumten sie die Straße, die schmalere Fahrwege von sich abästelte und Fußpfade aufnahm, die von verstreuten Gehöften her in sie mündeten.

Wohltuend empfand es Paul, dass sein Weg nicht da unten führte. Nach der Unruhe der letzten Stunden gab es ihm Beruhigung, auf eisernen festgebetteten Schienen seinem Ziele zuzugleiten. Alles Zufällige und Launenhafte der Landstraße schien von seinem Weg entfernt. Unabweichbar lief sein Weg auf hoch aufgeschüttetem Damm, über steinerne Durchlässe und eisenrasselnde Brücken, die weite Schutthalden übersetzten, oder er senkte sich in tiefe Einschnitte, zwischen steile widerhallende Stützmauern. In gleichgemessenen Abständen waren immer dieselben Dinge an den Weg gesetzt. Hoch oben am Böschungsrand standen kleine Wärterhäuser. An den weißgestrichenen Mauern war Brennholz in hohen Stößen geschichtet; eine Leiter und Signalstangen lehnten daneben, rotbraune Löscheimer hingen unter dem Dachvorsprung, und ein Fass, gefüllt mit Regenwasser, war in den Boden versenkt. Zwischen den schmalen Streifen niederer Gemüsebeete wuchs bunter Mohn; Frauen standen manchmal in der engen Haustüre; ihre Gesichter waren welk, und ihr Leib entstellt von Arbeit und vielem Gebären. Wie ein einziges vielmaschiges gleichgeknüpftes Netz, schien dasselbe Los über sie alle geworfen; in stumpfem Gleichmut oder mit verdrossenen Worten schwächlich sich auflehnend, lebten sie gefangen unter ihm dahin. An ihnen vorbei glitt der Zug und hielt erst vor schlanken hölzernen Hallen, die wilder Wein umzog. Sattere Zufriedenheit schien hier über allem zu rasten. Sorgfältig gestutzte Buchsbaumhecken umgrenzten die kleinen Stationsgärten, hölzerne Lusthäuser standen darinnen, und auf den Gesichtern der Beamten lag breit ein seichtes Behagen. Das überhastete Lernen in durchwachten Nächten hatte ihre Augen kurzsichtig gemacht; durch glänzende Brillengläser sahen sie nun, streng und bewusst, andern befehlen zu dürfen; wie sie die Hände auf dem Rücken falteten oder die Schultern hochzogen, und die Linien um ihren Mund, verrieten, wie sehr ihr Los sich ihnen freundlich erfüllt hatte: Hinter ihnen gefürchtete Schulprüfungen, die sie nur manchmal als Alpdruck ängstigten; vor ihnen nichts, was Störung oder Unsicherheit in ihr Leben hätte tragen können, und um sie, täglich wiederholt, Arbeit und Ruhen, und stündliche Wünsche, die sich stündlich befriedigten. Ein wenig Machtbewusstsein und die zufriedene Versöhnlichkeit des Sattseins, am Tage, abends am Biertisch das Behagen an plumpen Scherzen und ihren eigenen hallenden Worten, und nachher, in der summenden Lüsternheit des beginnenden Rausches, die triumphierende Zuversicht, im eigenen Bett eine eigene Frau zu finden. Und gleiche Gedanken und ein gleiches Los überprägten alle

Verschiedenheit ihrer Züge; wenn der breite Schatten der dichtgeballten Rauchwolken des Zuges über sie fiel, glichen sie im bläulichen Dämmern einander.

Und Paul dachte, wie Georgs Leben geworden wäre. Hätte auch er sein Leben von Kindheit an in Abschnitte geteilt, und an jedem ein Zelt errichtet, in dem erfüllte Wünsche behaglich rasten durften? Was dazwischen lag, war nur leerer Weg gewesen, und erst an den Zielen stand man still, und in Erreichtem empfand man mit Gefallen den Inhalt seines Lebens? Und am letzten Ziele durfte man niedersitzen und, die Hände auf den Knien, mit wünscheleeren Augen, und Lippen, die sich willenlos sinken ließen, ergeben auf das Ende warten? Oder war er von denen, die wussten, dass ihr Leben floss, und das Wasser nicht stillstand, um sich selber zu besehen? Und die wussten, dass man es nicht in Krüge fassen konnte, um in die gefangene Flut zu starren und ihr zu sagen: ›Du bist mein Leben.‹ Im Strome rann es hin; und im Rausch über den Jubel von Tausenden, der einem galt, und im Aufstöhnen zu einem Gott, wenn ein Schicksal einen niedertrat, war es wie in den immer sich erneuenden Wundern: Dass wir dursteten und trinken konnten, und dass verborgenes Denken in uns Hauch und Schall und Worte wurde, die sich zitternd von unseren Lippen schwangen, und hallend zu uns zurückkamen und, Antlitz an Antlitz mit unseren Gedanken, wie schreckerstarrte Doppelgänger standen.

Paul neigte den Kopf zur Seite; mit betäubendem Rasseln rollte auf dem Nachbargeleise ein Lastzug; offene, mit Sand beladene Wagen, und rotbraune verschlossene, mit kleinen Öffnungen. Erst als sie vorbei waren, rückte er wieder zum Fenster. Unablässig lief neben dem Zug der breite Schatten dichtgeballter Rauchwolken; er schmiegte sich an den steil aufsteigenden Rasen, brach oben am Böschungsrand, und schleifte wie ein bläulicher Schleier über die Halmspitzen gelber Kornfelder; oder er warf sich über die Brüstung eiserner Brücken herab, und glitt, dunkel sich spiegelnd, über das leichtwellende Wasser breiter seichter Gerinne.

Wie Georgs Leben geworden wäre? Professor jetzt, und dann nach ein paar Jahren Dekan, und später einmal Rektor der Universität; und noch Ehrentitel und vielleicht ein Doktorjubiläum und eine Festschrift seiner Schüler ... das war alles. Nein, nicht so meinte er es. An das Beste wollte er denken, das ihm hätte werden können. Er war ja Arzt; vielleicht wäre er ein anderer geworden als die vielen, die bloß mit gehäuftem Wissen und Händen, geschickt wie gute Werkzeuge, ihr Handwerk übten. Wie die Augen der Künstler an allen Dingen tasten und die Form um ihr Schicksal fragen, woher sie geworden und wohin sie wird, so hätten seine Augen voll Frage auf leidenden Menschen geruht. Ehe ihre Lippen sich öffneten, um zu klagen, klagten die schmerzlichen Linien um Mund und Augen, und an ihrem entstellten Leib erkannte er die Arbeit des Todes, der in ihnen kauernd saß und, lautlos hämmernd, von innen her ihren Leichnam sich formte, wie ein Bildner kunstvoll ein Gefäß von innen treibt. Alles half ihm ihr Leiden erkennen; nicht bloß ihre Stimme und ihr Blick, die Art wie sie sich vom Sitze hoben und ihm entgegengingen, wie ihr Gewand sich abnützte, ihr Haar sich lichtete oder dichter und hastiger aus eingefallenen Wangen zu sprießen schien, nicht bloß das sprach zu ihm. Denn jedes Leiden schuf andere Gedanken und andere Angst; leeren und tauben Schlaf das eine, und das andere Träume, so erfüllt von überlebendigem Leben, dass es in den wachen Tag hinüberquoll und einen anfasste wie Geschehenes. Dumpfes Stemmen gegen jedes Erkennen und die Angst, die Wahrheit zu erfahren, gab die eine Krankheit, und die andere gab List und Verschlagenheit zu verzweifeltem Kämpfen, bis man, fast im Triumph, andern das Geständnis entwand, dass man verloren sei. Und es waren Schmerzen, die zu Boden schlugen und die Kraft stahlen, zwischen Leben und Tod zu wählen, und solche, die einen mit Ekel vor dem Leben speisten, bis man es von sich spie, und solche, die alle Lebenslust schürten, dass man bettelnde gierig krallende Finger ins Leben einschlug.

Zwischen Leiden und Genesung und Tod hätte Georgs Weg geführt. Jede bunte und überschätzte Tracht, die Menschenschicksale untereinander schied, war wie versengter wertloser Lappen von ihnen gefallen; nackt und allen gemein, ging aller Handel der Menschen um Leben und Tod. Von dort, wo Georg stand, waren alle Eitelkeiten weggegangen; über den Rand der Sterbelager kollerten die letzten Masken, die ein Antlitz bedeckt. Augen, die überlegen geblickt, hingen angstvoll und bettelnd, wie die eines Hundes, an Georgs Lippen, und hilflos, ohne Willen, bargen sich in seiner Hand fiebernde Hände, deren Sprache, ein Leben lang, nur Zorn und Drohen und Befehl gewesen.

Und wenn sein Wissen schwieg, war sein Tun noch nicht zu Ende. So nahe hatten seine Augen viele Geschicke mitleidend gesehen, dass der dunkle Kreis in ihnen dunkler und geweiteter schien als bei anderen Menschen. Wenn er sich über Kranke neigte, fühlten sie, dass sie in den Schutz dieser Augen sich schmiegen durften, und seine Worte stiegen langsam, wie aus tiefen Brunnen, zu ihnen, schwer, vollgeschöpft voll Weisheit und Güte. Für ihre Nächte gab er ihnen Schlaf, und am Tag zwang er den Schmerz, zu verstummen. Er wandte ihr Bett dem Fenster zu, bis sie die Sonne sahen und die vielen weißen und farbigen Wolken, die lautlos auf dem Wind vorüberschwammen, nur damit die Sehnsucht nach dem Leben draußen und die Hoffnung in ihnen nicht stürbe. In dunkle Ecken ihres Zimmers ließ er Blumen tragen; nicht schwer duftende und üppig blühende; denn der Duft schmerzte, die prahlende Gesundheit der Farben verletzte, und laute Worte entblätterten welk gewordene Blüten. Aber auf dem tiefen saftgeschwellten Grün blütenloser Pflanzen konnten ihre Augen ruhen, und wenn sie nachts erwachten, fühlten sie sich nicht verlassen; denn sie wussten, dass dort etwas wuchs, das aus Erde und Luft derselben Luft, die sie atmeten, sich Nahrung sog, und neben ihnen, nur regungslos und in stillerem Atmen, lebte.

Aus dem eigenen Leben der Kranken, das hinter ihnen versank, holte Georg Linderung für sie.

Kinder, die sie gezeugt, ließ er an ihrem Bett sitzen

und Kindeskinder. Dann lagen die schlaffen heißen Hände der Kranken auf runden Kinderköpfen, sie umspannend, wie einen letzten unentreißbaren Besitz. In junge ungequälte Augen tauchten ihre mutlosen Blicke, und über welke Wangen strich der flüchtige Kuss halboffener Kinderlippen, kühl und leicht wie Apfelblüten, die ein feuchter Wind vom Baum weht.

Erinnerungen, die das Leben lange verscheucht, lockte Georg mit seinen Worten, bis sie wieder mit lichten stillfächelnden Flügeln herangglitten, und rastend auf dem Bettrand niedersaßen.

Für den, der jetzt dalag und litt, war einmal ein Morgen gewesen, an dem er im heißen Sand eines sonnigen Hofes saß und, mit kleinen ungelenken Kinderfingern, aus Steinchen und Schnecken und abgefallenen Oleanderblüten einen Garten baute. Wenn er sich ein wenig zur Seite neigte und nach den Grashalmen griff, die gelb und versengt dort standen, fühlte er, wie brennend heiß der Boden war. Er aber war wie auf einer dunklen bläulichen Insel; denn über ihn fiel kühl der Schatten seiner Mutter. Er saß zu ihren Füßen; wenn er sich umwandte, streiften seine Wangen die Falten ihres weißen Kleides. Ihre Hände lagen verschlungen in ihrem Schoß, und er sah manchmal auf sie hin, weil es ihm wunderbar schien, dass sie mühelos aus ihrer Verschlingung sich lösen konnten und wieder Finger wurden, von denen ein jeder sein eigenes Gesicht hatte, das er so gut kannte.

Und es gab noch einen andern Morgen. Da war er schon so groß, dass er mit der Hand über den niedern Zaun langen und den Riegel zur Seite schieben konnte, der von außen die Türe schloss. Und dann ging er über die Wiese; ein wenig verwirrt, weil zwischen den hoch aufgeschossenen Gräsern kein sandbestreuter Weg lief, dem er folgen konnte, und er bei jedem Schritt dachte, dass er auch nach der anderen Seite hin gehen könne. Wie er sich aber nach rückwärts wandte, und niedergetretene Blumen den Weg zeigten, den er gegangen, und die gebeugten Halme hinter ihm sich zögernd und ängstlich aufzurichten schienen, wurde er hochmütig. Schnell und sicher ging er dem Waldrand zu, und dann quer über den Weg, durchs Gestrüpp, über den schlüpfrigen Abhang, zum Waldbach hinunter. Durch die kahle steile Schlucht, die Felsstürze mit Blöcken gefüllt hatten, drängte das Wasser bergab. Er kniete auf glatten rundgewaschenen Steinen und tauchte seine Hand in das grüne Wasser, das zornig gegen Felsen, die den Weg ihm sperrten, sich warf und weiß an ihnen aufschäumte. Getrennt von seinem Leib durch eisige Kälte war seine Hand; dass sie ihm zugehörte, machte ihn staunen, und er sah auf sie wie auf ein fremdes unbegreifliches Tier. Dort, wo das Wasser in einer steilen Bucht dunkel sich staute, war es tief; an der Hand des Vaters ging er sonst den Waldweg oben, und warf Steine hinab und sah ihrem Sinken zu. Wenn man dort hineinfiel, war man tot. Und dass er jetzt allein da war, und nur ein wenig sich vorzuneigen brauchte, um da hinunterzugleiten, und dann tot sein konnte, so tot wie ein Erwachsener, erfüllte ihn mit Stolz und Würde. Schweigend, und mit glänzenden Augen, kam er nach Hause, und verschenkte noch am Abend seine Kostbarkeiten, eine Pfauenfeder und eine

Patronenhülse, an einen Bauernjungen; so sehr fühlte er sich anders, und Herr über große Schätze und Geheimnisse.

Und ein Abend - er wusste nicht mehr wann - aber er erinnerte sich, dass es nur wenige Jahre nach dem Tod seiner Mutter gewesen sein musste. Ein Sommerabend. An die steinerne Brustwehr der alten Festung war der weiße Tisch gerückt, an dem er saß. Vor ihm, in einem Weinglas, standen Rosen. Welk von den vielen heißen Stunden des Tages, und zu spät mit Wasser gelabt, hingen sie gleichgültig und schwer über den Rand des Glases. Sie, der die Rosen gehörten, saß ihm gegenüber; aber mit der Hand ihr Gesicht beschattend, neigte sie sich weit über die Brüstung und sah auf die Landschaft. Er sah nur die graue steinerne Masse der Brustwehr, und von ihr bis zu den weiten Bergen, die in eins mit den Abendwolken quollen, war nur hell durchleuchtete zitternde Luft, getränkt von der sinkenden Abendsonne. Die aber über die Brustwehr sich neigte, sah alles was dazwischen lag. Unter ihr Felsen und Baumwipfel und die Dächer der Häuser und Brunnen und weiße breite Wege zu Schlössern zwischen Gärten, und Teiche, zur Hälfte schon im Abendschatten erblindet, und zur Hälfte noch blendendes Licht schleudernd und endlich die Berge und die feurigen Wolken, die auch er sah; und seine Augen ruhten auf den Bergen, froh und geduldig wartend, sicher, dass auch ihre Augen, wenn sie über alles andere gewandert, dort rasten würden. Dann sah er auf sie, denn er fühlte, dass sie sprechen würde. Fest geschlossen schien noch ihr Mund; wie die Schalen einer Muschel fügten sich ihre Lippen ineinander. Schwer sich voneinander trennend, öffneten sie sich, und Worte, deren Sinn er vergessen, hingen einen Augenblick lang in der Form der Lippen, dann lösten sie sich von ihnen, zitterten und starben in die Abendstille. Und dass der Klang ihrer Worte so verwehen durfte, dass die Luft nicht von ihnen schwang und bebte, so lange nicht einmal, als die Sonne sank und das Sterben eines Tages währte, hatte er als Unrecht gefühlt, das ihr angetan worden.

Und ein anderer Abend, der schon am nächsten Morgen, wie ein Traum verblassend, zurückgewichen war vor klaren Gedanken, die nach ihm greifen wollten. Irgendwo, in flachem Land, ein Dorf, in dem er übernachten musste; den Namen hatte er vergessen, und er wusste nicht mehr, was ihn damals hingeführt hatte. Die Leute in den niederen weißen Häusern waren schlafen gegangen, bevor es noch Nacht geworden. In der Dämmerung war er über die letzten Häuser hinaus gegangen, bis an das seichte versandete Ufer des Sees, der sich weiter dehnte, als man sah. Unter seinen Füßen wich haltlos grauer Sand, fast wie träyeres und dichteres Wasser. Er trug nichts in seinen Händen, und fühlte ihre Leere, wie man sonst Dinge fühlt, die man hält. Er suchte, wonach er greifen könne; aber nichts wuchs hier auch nicht Schilf, und er tastete leise an seine eigenen Augen und Wangen. Dann bückte er sich, schöpfte eine Hand voll Sand, und fühlte ihn langsam zwischen seinen Fingern sickern, bis seine Hand leer war. Er bückte sich wieder; nun aber war es Wasser, das rasch durch seine Finger lief. Er stand still und sah auf den See, der nicht mehr spiegelte und nur Dunkelheit schien, die weithin wuchs, bis zu schmalen helleren Streifen, die Wolken waren - flüchtiger und verrinnender als Wasser und Sand. Dann wandte er sich und merkte, dass etwas neben ihm aus dem Sand ragte. Nur die Umrisse erkannte er im Dunkel; es schien eine Pflanze mit kleinen verkümmerten Blättern, die hart an dem verästelten hohen Stiel saßen; die dunkle Masse ganz oben war wohl eine Blüte. Er neigte sich über sie. Ein leichter Duft hob sich ihm aus dem Kelch entgegen. Da wusste er - aber kein Wissen, in Worte oder Gedanken zu fassen, war es, wie ein fallender Stern leuchtend über den Nachthimmel hin schwindet, durchflog es ihn - dass er allein war; er und alles. Keine Brücken führten von ihm zum Duft der Pflanzen, zum stummen Blick der Tiere, und zur Flamme, die nach oben lechzte, und zum Wasser, das zur Tiefe wollte, und zur Erde, immer bereit alles zu verschlingen, und alles wieder von sich zu speien. Und Blicke und Worte und erratene Gedanken der Menschen waren lügnerische Brücken, die nicht trugen. Hilflos und niemandem helfend, einsam nebeneinander, lebte sich ein jedes, unverstanden, stumm, zu Tode.

Für den, der jetzt dalag und litt, war dies alles, als er es lebte, wenig gewesen. Der graue Schutt gleich verrinnender Tage hatte es bedeckt und verborgen. Wie Kostbarkeiten in verschütteten Schatzhäusern geflohener Könige, hatte es lange geruht, bis Georgs Wort es gehoben. Vorher hatte es wenig bedeutet: ein Duft in der Nacht, das Verhallen einer Stimme,

Wasser, das verrann, und ein Schatten um Mittag. Mutter - Jugend - Liebe - Erkenntnis - hieß es jetzt, und war genug, ein ganzes Leben reich zu erfüllen. Heiß und süß und duftend wie ein Schlaftrunk bot sich dem Sterbenden dies alles; und sie standen da, diese Dinge, mit offenen Augen, das Antlitz ihm zugewandt, als hätten die letzten Stunden sie mit ihrem wahren Namen angerufen.

Auf vielerlei Weise vielen zu helfen, hätte Georg so vermocht, und seine Tage wären nicht leer und nüchtern mit gleichen Schritten hinter einander her gegangen; an den Schultern einander umfangend, ein jeder für den anderen Lehne und an ihn gelehnt, so wären seine Tage glücklich sich wiegend einhergezogen, trunken vom Gefühl der großen Macht, die Georg übte.

Denn nur um seinetwillen, damit er helfen könne, schien alles da zu sein. Um geheimer, heilender Säfte willen, die in ihnen kreisten, wuchsen Pflanzen; tief sich verbergend, lagerte Gestein, dessen giftiger Atem die hinsiechen ließ, die es raubten und ans Licht trugen - und doch zwangen es Menschen, ihnen zu ihrem Heil zu dienen; an ungeschürten nie erloschenen Feuern gewärmt, stiegen Heere von Quellen unaufhaltsam nach oben, werbend und mit sich reißend, was von heilenden Kräften schlummernd an ihrem Wege lag. Nicht um der Gesunden willen, die es hochmütig, ohne Dank, kaum bewusst, hinnahmen, wärmte die Sonne, strichen Lüfte, lösten einander Tage und Nächte ab. Für die, die sterben mussten, war dies alles gesetzt: Nächte, die Stille brachten, das Erglühen heller

Morgen, die neuen Mut erlogen; und Luft und Sonne waren köstliche Geschenke, nach denen täglich von neuem ihre Hände gierig zitternd langten. Denn atmen, nichts sonst als in der Sonne atmen zu dürfen, noch einen lichten Tag und immer noch einen, schien ihnen ein wunderbares glückseliges Los. Auserlesen, erhöht waren die, die lebten, noch verschont vom gemeinen Los des Sterbens.

Und an der Schwelle von Ruhm, Macht und Glück, war Georg nun gestorben.

Paul wandte den Kopf zum Fenster, denn der Zug schien langsamer und vorsichtig zu fahren. Man besserte die Strecke aus; Arbeiter standen da, gestützt auf ihr Werkzeug, und sahen zu den Fenstern des Zuges auf. Ihre braunen Gesichter glänzten; nur in den Wimpern und Brauen und den Barten hing dichter grauer Staub. Über die kurzgestutzten Tannenhecken längs der Strecke war manchmal ein rotes schweißgetränktes Tuch zum Trocknen gebreitet; ein irdener brauner Wasserkrug stand auf dem Kies, und daneben lagen blaugrüne verschossene Samtjacken.

Und wenn nun Georg nicht jetzt gestorben wäre? Irgendwie und irgendwann hätte ja auch für sein schönes und reiches Leben das Ende kommen müssen. Erst unsicher, zweifelnd, und dann noch einen Irrtum erhoffend, und endlich klar, hätte er vielleicht seine eigene Krankheit erkannt. Rings um ihn standen Ärzte, die nicht zu lügen wagten; vor seiner Einsicht verstummten sie und, wie sein Blick auch von einem zum andern wanderte, keiner sagte ihm: ›Du irrst‹. Und was jedem andern gewährt war: Das

Wiederhoffendürfen, wenn Tage kamen, an denen er sich wohler fühlte, auch das war ihm versagt. Zu gut kannte er diese Besserung, die nichts war, als ein Lauern und Niederducken der Krankheit, bevor sie von neuem ansprang. In sich dehnenden Nächten horchte er auf sein Leiden, und am eigenen Leib lehrte ihn höhnend die Krankheit sie besser verstehen. Und wenn er endlich matt und stumpf sich ergeben wollte, standen immer neue Zweifel und Hoffnungen, wie lästige Bettler, da und ließen sich nicht die Türe weisen. Vielleicht irrte er doch; oder vielleicht gab es ein Mittel, und er kannte es nur nicht; oder vielleicht war es niemandem noch bekannt, aber einer würde es einmal finden, wenn er schon lange tot war; und vielleicht lebte einer, der lange schon danach forschte und es morgen finden konnte; und morgen war es noch nicht zu spät! Und er wollte alle falsche Scham bei Seite werfen und reisen, von einer Stadt zur andern, und überall Umfrage halten, vielleicht lebte einer, der ihm helfen konnte. Und andere Hoffnungen regten sich. Vielleicht war er nicht krank; nur seinen Aussagen vertrauend, hielten ihn die Ärzte dafür; vielleicht glaubte er nur, das alles zu empfinden; vielleicht war er wahnsinnig; und er hoffte, und suchte nach Zeichen, denn Wahnsinn selbst schien ihm begehrenswerter als die Gewissheit des Todes. Dann aber kamen Stunden, worin er mit denselben unerbittlich klaren Augen, mit denen er sonst die Kranken gesehen, sich selber sah. Mit einem Blick durchschaute er dann, wie ein zerrissenes Netz, das ganze törichte Gewebe seiner Hoffnungen. Wie es immer dieselben wohlbekannten

Winkel sind, in denen beim Spiel Nachbarskinder sich verstecken und wiederfinden, so waren es immer die gleichen Hoffnungen, zu denen alle Kranken hinflüchteten. Ungezählte Male hatte er es traurig lächelnd mit angesehen; die Reihenfolge ihrer leeren Hoffnungen konnte er vorhersagen, so genau wusste er dies alles. Und doch war er dumm, besinnungslos, dorthin geflohen, wohin es alle andern trieb.

Umsonst hatte er es ein Leben lang erkannt; um nichts klüger war er geworden. Nur mehr als die andern zu leiden war ihm erlaubt; denn er sah das Unnütze seines Tuns und musste es dennoch tun. Aller Stolz, in den er sich gehüllt, war von seinen frierenden Schultern genommen, und er fühlte, dass lautlos hinter ihm einer schritt, der nicht duldete, dass man abseits, ein Besonderer, seinen Weg sich suche. Mit den andern, gedrängt wie sie sich drängten, stöhnend wie sie stöhnten, gezeichnet mit ihrem Zeichen, unkenntlich in der grauen Herde, trieb es ihn die Straße hinab, von der kein Weg mehr abzweigte.

Dann suchten seine Augen immer von neuem die Menschen, die ihn liebten. Er sah ihren Schmerz und dass sie litten; aber zu oft hatte er erfahren, wie selbst unbändiger Schmerz sich langsam müde tobte. Gelabt hätte ihn der Gedanke, dass sie um seines Todes willen ihr Leben lang Gott lästern würden; aber er wusste: Man fügte sich. Wie aus unmerklich gesprungenen Gefäßen langsam das Wasser sich verliert, und sein Spiegel immer tiefer sinkt, so stahl sich, ohne dass sie es wussten, aus denen, die Georg liebten, der reine Schmerz um ihn. Trübes Mitleid mit sich selbst blieb in ihnen zurück, ein unklares Bedauern, dass sie nicht gefühllos sein Leiden mitanzusehen vermochten. Und vor Georgs harten, richtenden Augen schien alles verzerrt und verrückt. Die andern waren es also, die litten? Von ihnen sprach man, ihr Schicksal wurde verhandelt? Trost wollten sie haben, denn der Schmerz war ihnen lästig und zu viel zu ertragen, ihnen, die leben durften! Wo er doch den Tod ertrug! Aufgegeben war er; nun verstand er das Wort. Noch lebte er; nur mit dem Finger hatte der Tod lässig auf ihn gedeutet, und wie übereifrige Höflinge erfassten die Lebenden den Wink, und wandten sich von ihm ab. Er wusste, dass die, die ihn liebten, traurig und mit Tränen von den Tagen sprachen, in denen er nicht mehr sein würde; aber dass sie den Gedanken zu Ende dachten, dass ihr Verstand nicht wirr und betäubt davor stillhielt; fand er ungeheuerlich und schlecht. Denn so sehr wider alles eingeborene Gefühl und alle Vernunft erfunden, dass auch törichte Kinder nicht darauf hinhorchen mochten, schien ihm das lügnerische Märchen von einer Welt, die ohne ihn sein sollte. Und wie sehr sie ihn auch liebten nicht der Hunger, nicht der Durst, nicht die Notdurft eines einzigen Tages, würde um seines Todes willen in ihnen schweigen; und wer wusste es, ob sie nicht alle ihre Tränen, gemahnt durch seinen Tod, nur sich und ihrer eigenen Sterblichkeit weinten? Noch neigten sie sich über ihn, küssten seine Wangen, und ihre Hände streichelten über seine magern Arme hin; aber mit dem letzten Atem, der über seine klaffenden gelähmten Lippen wehte, schied er sich von ihnen allen. Was sie eben noch geliebt, entsetzte sie und machte sie schaudern. Entlassen aus der großen Gemeinschaft aller Lebenden, war der Leichnam dessen, den sie geliebt, ihnen ferner und fremder als ein namenloser stammelnder Bettler, und ein lebender Hund, der räudig durch die Straßen lief.

Und bevor Georg noch dies gekostet: seine Angst und die Scham über seine Angst, den Verrat am eigenen Empfinden und die Untreue alles Lebenden, war er gestorben.

Paul stand auf und neigte seinen Kopf zum Fenster, bis sich der Wind in seinen Haaren kühlend fing. Er musste die Augen fast schließen, so grell leuchtete der weiße Kies. Durch einen schmalen Wiesenstreif vom Geleise getrennt, war gelber Lehmboden zu einem tiefen Kessel abgegraben. Unter niedern langgestreckten Dächern waren Ziegel geschichtet. In trüben Lachen stand versumpfendes Wasser; Arbeiter lagen schlafend bei den Hütten, und nur wenige schoben Karren, ihren eigenen tiefblauen Schatten träge hinter sich her über den gelben erhitzten Boden schleifend. Dann wand sich zwischen verstaubten Bäumen eine breite graue Straße dem Geleise zu. Schon von ferne sah Paul drei Bauern mit schweren, im Staub schlürfenden Schritten auf den Schlagbaum zuschreiten, der die Straße sperrte. Bevor er noch die Gesichter sah, erkannte er an den Umrissen, die sich dunkler von dem aufgewirbelten Staubschleier hinter ihnen schieden, dass es alte Männer waren. Von müden, unter der Last nachgebenden Knien getragen, schwankte und stieß ihr Oberkörper, bei jedem ihrer Schritte, wie ein schlecht federnder Karren. Wie altes und abgenütztes Werkzeug, das man an die Wand hängt, hingen ihre zu langen Arme steif und schwer an ihrem Körper herab. Am Schlagbaum blieben sie stehen und warteten. Wie der Zug an ihnen vorbeilief, lehnten sie den Kopf zurück und blickten zu den Fenstern auf. Ihre Stirnen waren vom Hutrand überschattet, aber die mager sich streckenden Hälse und ihre Gesichter waren in grellem Sonnenlicht. Wie schlecht gespannte Leinwand notdürftig Gerüst und Seile einer Gauklerbude verkleidet, so schien ihre Haut schlaff und faltig über die hart hervortretenden Knochen und Sehnen gehängt. Glanzlose Augen lagen wie trübe, zufrierende Lachen in dunkeln, tief geschaufelten Gruben; um ihren eingesunkenen, kindisch zahnlosen Mund starrten weiße Stoppeln; in der Sonne, die grell in die scharfgerissenen Furchen ihrer Wangen leuchtete, und Licht auf die hohen Ränder legte, und schwarzen Schatten in die Tiefe der Rinnen warf, glichen ihre Gesichter einander, wie gefrorene kahle Acker, gesprengt und zerklüftet von Kälte und Frost, einander gleichen.

Rascher als der Zug vorüberglitt, sah Paul dies. Und er wusste auch, dass er nicht bloß zufällig auf die gleichgültigen Dinge da draußen so achtete, als gäbe es nichts, was wichtiger für ihn wäre. Um an Georgs Tod nicht mehr zu denken, geschah dies. Etwas in ihm, das er gern verleugnet hätte und das nicht schweigen mochte, redete leise, hartnäckig, im Tone von aller Welt, hässliche Allerweltsworte: dass Georg nun einmal tot sei und dass alle sterben müssten; und dass Georg davon nicht mehr lebendig würde, wenn man sich noch so sehr der Trauer um ihn hingäbe; und dass Georg es jetzt gut hätte; und dass es dumm sei, sich damit zu quälen, wie Georgs Leben und Sterben vielleicht geworden wäre.

Paul schämte sich. Wie lange war es denn, dass er und Georg noch einander gegenüber am offenen Fenster saßen? Das Moos im Wald war noch feucht von dem Regen, der an dem sonnenlosen Nachmittag wie ein unablässig gleitender grauer Schleier vor ihrem Fenster nach unten sank. Georg hatte dem Fenster den Rücken gewandt, und das Licht umrandete hell seine Wangen, die braun gebrannt von der Sonne waren. Voll und ruhig ausschwingend klang Georgs tiefe Stimme, leise umschwirrt von dem laurieselnden Regen, wie von einem fernen Flügelrauschen endlos hinziehender Vogelschwärme. Ein Jahr lang hatten sie einander nicht gesehen; sie sprachen von fast gleichgültigen Dingen, und ihre Reden reihten sich eintönig und gleich aneinander, wie in den dumpf dämmernden Sälen alter Paläste die hohen mit Läden geschlossenen Fenster; aber sie wussten: wenn eines sich öffnete, lag draußen hell vor ihnen wie leuchtendes weit sich dehnendes Land, ihre Freundschaft. Und jetzt war das vorbei; rasch vergangen wie die Zeichen, die einer flüchtig mit dem Finger in angehauchtes trübes Glas schreibt. Nichts war davon geblieben als der Wunsch, nicht mehr daran zu denken, und Mitleid mit seinem eigenen Unbehagen; und er fühlte, dass unter aller Trauer, tief in ihm, geweckt durch Georgs Tod, die Freude am eigenen Lebendigsein schamlos aufjubelte.

Denn eine neue, junge Schönheit, die er noch nicht gekannt, schien den Dingen geschenkt, die er sonst kaum sah. In tiefem Einschnitt, zwischen steil aufsteigenden Rasenböschungen, die den Ausblick sperrten, lief der Zug. Nichts sah Paul als den Rasen, und darüber ein Stück des dunkelnden Gewitterhimmels, durchbohrt von grellen Sonnenstrahlen. Aber auch der Rasen und die unscheinbaren Blumen waren schön. Wie zuerst die überragenden schlanken Ähren des Steinklees sich hingebend unter der Last der Bienen bogen, und wie mit dem Zug ein Luftstrom kam, der sie nun alle beugte: Wilde Reseden, die auf ihr Antlitz fielen, starre Disteln, die ungelenk zur Seite wichen, und weiße errötende Trugdolden der Schafgarben, die anmutig, wie in leichter Trunkenheit, schwankten. Unter einem verblühten Strauch wilder Rosen lag ein Bauernbursch auf dem Rücken; neben ihm stemmte sich halbaufgerichtet ein Mädchen gegen den Rasenhang, und winkte lachend zu den Fenstern des Zuges auf. Über den beiden schwangen im Wind wirr verschlungene Zweige, und der starke Luftstrom fasste einen weißen Schmetterling, riss ihn mit sich und warf ihn an die Wange des Mädchens. Flüchtig dunkelnd streifte über sie hin der leichte Schatten des Rauchs, dann war sie wieder in grellem Licht, das durch zerrissene Wolkenballen steil herabschoss. Überflossen von Licht war ihr entblößter brauner Arm, der, leicht sich rundend, nach oben grüßte; und Paul wusste: Hart und rau war der Rücken ihres Armes, auf den die Sonne brannte; Arbeit in Frost und in Nässe und der

Wind hatten ihn rissig und rau gemacht wie die Nordrinde eines jungen Baumes; aber weich, sanftglühend von warmströmendem Blut, war die Innenseite ihres Armes, wenn sie sich um den Nacken des Geliebten legte; gut zu fühlen wie die unberührten, schweren, weichen Flügel eines Dämmerungsfalters, oder die Blüten der dunkeln Schwertlilien, die da oben am Böschungsrand in steinumsäumtem Beet wuchsen. Neben dem armseligen Wächterhäuschen standen die, wie verbannte Herrscher in einem fremden Land. Wie ein Bund grüner Schwerter waren ihre starren Blätter gegen den dunkelgequollenen Gewitterhimmel gezückt. Noch geschlossene Knospen saßen in den lichten Blütenscheiden; ihre Blumenblätter waren fest um einander geschlagen wie die Enden eines Mantels, den einer, mit gekreuzten Armen sich verhüllend, um hochgezogene schmale Schultern schlägt. In die finster sich ballenden Wolkenkissen versanken fast tiefviolette, aufgeschlossene Blumen. Ein freies, gebietendes Prunken war in dem Entfalten ihrer Kelche; wie die sich enthüllende Gebärde eines unerkannten Königs, der stumm - nur mit dem Öffnen seiner Arme und dem Zucken der Achseln, das den Mantel von seinen Schultern gleiten läßt - zu allen spricht: ›Ich bin der König!‹

Paul sah zu den Wolken auf. Sie schienen schwer und vollgesogen von Dunkel, das von irgendwoher auf sie zutrieb. Seine Schläfen entlang strich der Wind und wühlte sich mit kühlen, tastenden Fingern durch sein dichtes Haar. Über eiserne, rasselnde Brücken, die unter ihm schwangen, lief jetzt der Zug; tief unten lagen versandete Auen, und an dem seichten breiten Gerinn eines Flusses standen barfuß Weiber und siebten durch steilgestellte Netze den Sand. In kurzen starken Stößen kam der Wind. Hinter den fernen Häusern eines Dorfes hing der Himmel grau zur Erde herab. Dort schien der Wind hervorzubrechen. Er fasste die Wipfel der Bäume und hing, wie ein Hund an der Kehle des Wilds, in verbissenem Schütteln an ihnen, ehe er sie zu Boden bog; hinab in den Staub der Straße warf er sich dann und trieb ihn, zu Wirbeln geballt, vor sich her; er fiel auf das Wasser und schlug es, bis es gehetzt, weißschäumend, den Sand der flachen Ufer hinaufstob. Dann war er da, und Paul fühlte an Hals und Wangen seinen Anprall. Weit über die Brüstung des Fensters lehnte er sich, und bog sich dem Wind entgegen. Wiederum sah er ihn von ferne kommen. Unerträglich schien es Paul, stumm den Ansturm des Windes zu erwarten; ungeduldig sah er hinab in die Niederung, und achtete nicht auf die großen Regentropfen, die einzeln auf seine Wangen fielen. Jetzt aber sprühten sie zerstäubt gegen seine Stirne, und der Wind war da. Einen Augenblick fühlte er sich Antlitz an Antlitz, wie in stummem Ringen, mit dem Wind; dann musste er reden, und er hörte seine eigene Stimme hell das Rasseln des Zugs durchschneiden. »Wind«, rief er, »Wind«, und fühlte es wie Glück, dass Atem über seine Lippen wehte und dem Wind seinen Namen gab, und ihn, den Starken, zwang, den Hall seines eigenen Namens ein Stück weit mit sich zu tragen. Und Glück war es, kühles Wasser zu fühlen, das aus Wolken vom Himmel herabfloss; und wenn er vor den ferne aufleuchtenden Blitzen die Augen schloss, fühlte er seine Macht. Denn rascher als das Bild des Blitzes seinen Augen entfloh, schuf er mit dem Senken seiner Lider tiefes Dunkel um sich, und zerstörte eine Welt, die er mit jedem Augenaufschlag von neuem sich erschuf. Aber auf Georgs toten Augen lasteten kalte Lider; dünn, fast durchsichtig; aber unabwälzbarer als die Ungeheuern Trümmer eines Bergsturzes, die ein ganzes Tal begraben.

Und Paul wusste es nun, dass er nur sich selbst belog, wenn er an diesen frühen Tod wie an etwas dachte, was Georg vor vieler Qual behütet hätte. Nicht so wie er vorhin gedacht, hätte es ja kommen müssen. Georg war eingeschlafen und nicht mehr erwacht; aber quallos wie jetzt, wäre ja auch vielleicht nach langen Jahren sein Tod gewesen. Vorerst noch ein ganzes Leben, erfüllt von Ruhm und Macht, ein glückliches Alter - und dann erst hätte ihn, der schlummernd aus den Armen des Lebens glitt, milde, unmerklich der Tod empfangen, wie eine Mutter vorsichtig von den Armen der Wärterin ihr schlafendes Kind empfängt.

»Ruhm, Macht, ein glückliches Alter!« Paul sprach die Worte halblaut vor sich hin; sie klangen wie eine festgefügte überkommene Formel, wie ineinander geschmiedet von der heißen Sehnsucht und den immer gleichen Wünschen vieler Menschen. Aber wenn man die Worte von einander löste, und prüfend an ein jedes pochte, zerfloss es in ein Dunkel, aus dem Seufzer und Fragen quollen, und das erfüllt schien von vielen zweifelstarrenden Augen.

Paul schloss das Fenster, dann trat er zurück ins

Coupé. Er lehnte sich müde in die Ecke und sah auf die trüben, regenbesprühten Scheiben. ›Ein glückliches Alter!‹ Wusste er von einem? Oder hatten seine Augen jemals, in der Menge fremder Menschen, auf einem Antlitz Alter und Glück beieinander gesehen?

Er erinnerte sich an einen Wintermorgen; die Straßen waren noch leer, und die Kaufleute öffneten erst ihre Läden. Der Wind zerriss den feuchten Nebel in den Straßen. Vor der Auslage eines Spielereiwarenladens war Paul stehen geblieben. Das gelbe Licht einer Gasflamme, die im Innern des Ladens brannte, spiegelte sich in den Kindersäbeln, dem Zinngeschirr einer Puppenküche, und den bunten Steinen, die den Rand einer blechernen Königskrone schmückten. In der Mitte saß in einem hohen Kindersesselchen, zurückgelehnt, eine große Puppe mit sanften halbgesenkten Lidern und weichem blondem Haar. Rings um sie standen im Kreise wilde Tiere, Neger, Matrosen, und rote Husaren auf weißen, sich bäumenden Pferden. Offene Schachteln lagen am Boden; und in Watte und Holzwolle gebettet lag ein Landgut: scheckige Kühe, ein Brunnen, und Pappeln mit grünem gekraustem Laub. Zwischen Wickelkindern, einem Dampfboot und Zauberapparaten, stand ganz vorne ein Theater. Auf den Seitenflügeln war das Publikum in den Logen gemalt; auf der Bühne war ein Wald und die Hütte eines Einsiedlers; aus Pappendeckel ausgeschnitten, hingen an dünnen Drähten Krieger, ein König, ein Greis, der Scharfrichter mit dem Beil, und die Prinzessin - und berührten kaum den Boden.

Spielzeug für Kinder war das alles; aber es schien, als wären es Wünsche und Träume, die man hier in den kleinen Raum eingefangen, und die nun, von der immer gleichen Sehnsucht aller Menschen - nur mit noch unverstellten Kinderworten - leise stammelnd redeten. Denn aus Kämpfen mit stumpfen Waffen, und blechernen Kronen als Preis, schufen Kinder sich Schicksale, in denen ihre Seelen bebten; reiner und unvermischter als das Leben es zu geben vermochte, gab das Spiel es ihnen zu kosten: das sich selbst verschwendende Einsetzen im Kampf, die Großmut des Sieges und den stolzen Trotz des Besiegtseins. Puppen waren das, woran Kinder ihre Liebe hängen konnten, und an ihnen übten sie die Macht, wohl und wehe zu tun.

Die Kinderstube, die Straßen, die sie an der Hand Erwachsener überschritten, und die Gärten, in denen sie spielten - das war die Welt der Kinder. Aber plump geschnitzte Tiere mit gähnendem Rachen und bunt bemaltem Fell, brachten von anderem Nachricht. Von nichts Bestimmtem; aber von etwas, dessen Schauer sie herbeiwünschten und fürchteten, unmessbar und doch wieder erfüllt von namenlosen Möglichkeiten, wie das Dunkel, in das sie nachts mit klopfendem Herzen sahen. Aus fremden Ländern, von weit her, kamen diese Tiere; und die Fremde und die Weite ließ die Kinder erschauern. Denn sie fühlten etwas, was für sie jenseits der Häusermauern und der zahmgestutzten Gartenhecken begann. Das, was zeitlich noch ferne von ihnen war - alle Möglichkeiten ihres Schicksals, die sie verworren ahnten - schien weit von ihnen im Raum, in fremden Ländern, wie Abenteuer zu liegen. So fremd und so weit weg, dass der Blick der Mutter, vollgesogen von Güte und Sorge, matt am Weg zu Boden sank, ehe er sie erreichte; nur runde gelbe Augen der Tiere, nachts, und am Tag lauernde Augen der Menschen schienen rings um sie aufgestellt. Speise und Trank waren nicht, wie sonst, in Gefäßen, von anderen für sie vorbereitet. Noch uneingefangen tosten die Ströme, zu denen sie wie Tiere hinabstiegen, um sich zu tränken; aufschnellenden Zweigen entrissen sie Früchte, und sie lernten fremdes Leben töten, um sich daran zu sättigen. Niemand war da, der am Abend die Schnüre ihrer Schuhe löste. Über ihre wundgestoßenen müden Füße goss niemand kühles Wasser, und salbte sie mit streichelnden guten Händen; kein lindes weiches Bett war für sie aufgeschlagen, und der Morgen war nicht etwas, was sich leise, durch weißverschleierte Fenster mit errötendem Licht stahl, und mit milden Strahlen, schmeichelnd den Schlaf weglockte. In die Erde scharrte man sich sein Bett; dem Morgen vorher liefen frostige Winde; ein Schauern war das Erwachen und der Morgen ein Feuerbrand im Osten. Nicht leere Namen waren die Zeiten des Tages, bloß wie Merksteine in die Geschäfte des Tages gestellt. Ihre alte Herrschaft schien ihnen wiedergegeben; Tag und Nacht, das Morgen werden und das Abendwerden, waren wieder Urmächte wie am Anbeginn aller Dinge. Führerlos, und nicht auf gewiesenen Wegen, ging man; nach Welten, die nachts, leuchtend und unverrückbar, hoch über einem im Raume hingen, richtete man seinen Weg. Kein Verirrtsein gab es, wie in den Straßen begrenzter Städte; in Grenzenloses, in Zeit und Raum schien man zu sinken und - sich darin verlierend - fühlte man sich ein Teil von dem, darin man sich verlor.

Ein Vorbildliches, ein Ahnendes schien so jedes Spiel; aber losgebunden von der steinernen Schwere wirklichen Geschehens. Wenn einer in arabischen Märchen, vor dem weisen Fürsten, rückblickend sein Leben erzählte, flocht sich alles Glück und Elend, durch das er gegangen, freude- und trauerlos ineinander, und schien nur mehr ein seltsames Geschick, wert des Aufzeichnens. So wusste das vorahnende Spiel der Kinder nur von der Buntheit und Seltenheit der Schicksale, und am Ende aller Taten und alles Erleidens, stand in ruhigem Atmen nur ein Schlaf, der die erhitzten Kinderwangen kühlte, und dann wieder in tiefem, innigerem Schlummern neu erglühen ließ.

So gab es Spiele von Kampf und Gefahr und Abenteuern. Davon handelten sie, dass die Welt für jeden weit war, und wechselvoll erfüllt von noch Unerhörtem und Unerfahrenem. Aber der engumgrenzte, bewohnte Boden, auf den das Spiel kleine Häuser mit roten Dächern und Bäume und Ackervieh und Brunnen und Bauern stellte, war Erde - tiefer als alle Abgründe und Meere. In die Fremde und in die Weite träumte das Spiel alle Abenteuer; aber angestammte Schicksale lagen heimlich in der Tiefe der Erde. Vom Boden, den man als Kind im Fallen geküsst, sagte keiner sich los; und wenn Kinder, im Spiel, Bäume und Hütten und schwereutrige Kühe und hochbeladene Erntewagen rings um sich stellten, ahnten sie den segensvollen Frieden eines Lebens, das der Erde sich vermählen durfte. Am begrenzten Himmelsbogen rückten nächtlich die gleichen Sterne dem Morgen zu; über denselben hügeligen Äckern hob sich täglich die Sonne, und hinter denselben schwarzen Fichten des dünngesäten Jungwaldes stieg sie abendlich hinab. Sich immer gleichend, lösten einander die Reihen unveränderlicher Geschäfte ab: Ackern, Säen, Jäten, das Ernten der Frucht - und die Brunst, das Tragen, und das Gebären der Tiere. Aber was hier geschah, konnte nicht - wie anderes Tun durch Gewöhnung schal - hässlich sich verzerren. Wie Atmen Leben selbst ist, und nicht bloß ein gewohntes Tun Lebendiger - so war, was jene unverzerrbar und ungewöhnlich taten, mehr als bloße Handlungen, frei und unverknüpft von Lebenden gesetzt. Am Faden des Lebens selbst schienen sie zu spinnen, der unzerreißbar - von andern kommend zu anderen - durch ihre schweren Hände glitt; Spinner und wie sich ihr Leben mit hineinverflocht - Gespinst zugleich für die nach ihnen. Nicht der Wille eines einzelnen formte die Regel für ihr Tun, und das Gelingen hing nicht an Laune und Gunst von Menschen. Aus Ungemessenem kam zu ihnen, was ihnen befahl. Der Lauf der Sonne, der Wandel des Mondes und das Kreisen von Gestirnen gebot ihren Geschäften; aus Gewitterschauern und sanft träufelndem Regen floss Segen herab oder fiel Unheil über sie.

Gleichgültig - wie die Bretter des Schiffs, das einen trägt, war anderen der Boden. Sie aber ahnten in dunkler Ehrfurcht, dass in der Erde alle Schicksale sich vorbereiteten. Mehr als bloß die Frucht lag im Samen verschlossen, den die Erde behütete; auch der Schatten des Baums, und dass er von der Straße weg zu sich hin lockte; um unter ihm zu rasten, unterblieb ein Handeln, und ein anderes geschah. In noch ungefördertem Erz war der Tod von Ungeborenem längst beschlossen, und leeren Worten verlieh der Abendwind, der, schwer vom Duft der Wiesen, sie trug, große Macht über Seelen. Nichts gab es, dessen Wege nach rückwärts nicht zur Erde führten. Ihr entstammt war alles, was in ein Leben sich lenkend verflocht. Nicht tot und ohne eigenes Schicksal waren die Dinge, wertlos wie Steine, die der Fuß stößt, vom Zufall auf unsere Straße gestreut. Aus der Tiefe stiegen sie nach oben und wanderten - von einander nicht wissend - auf vielverschlungenen, unerkannten Straßen uns zu. Zur vorbestimmten Zeit waren sie an unserem Weg: Waffen im Bereich unserer Hand, ein Duft, der Erinnerungen wachrief, Schatten, die zur Ruhe lockten - hemmend und treibend schufen sie Lose, mächtiger als unser Willen, den wir erträumten.

Nichts von alledem war den Kindern bewusst; aber nur was immer wieder von neuem mit angeborener Kraft die Seelen der Menschen ergriff, taugte - nie veraltend - zu einem Spiel für Kinder.

Alle Möglichkeiten kommender Schicksale übten Kinder, mit erhitzten Wangen, in ihren Spielen. Aber ein Spiel gab es, ruhiger und stolzer als die anderen. An dünnen Drähten hingen aus gemalten Wolken Könige, Henker, und Prinzessinnen herab, und berührten kaum den Boden. Mit frühreifen Lippen sprachen Kinder in anderer Namen; Gefahren und Befreiung, Dulden und Triumphe verhängten sie. Mächtiger als die Könige und Feldherren anderer Spiele waren sie das Schicksal selbst, das allem, Leben, Worte, und scheinbaren Willen lieh, um an ihm seine Macht zu erweisen. Nichts geschah wirklich; nur die Worte des Spiels waren dieselben wie die des Lebens. Worte waren - wie ein dünnes, kühlendes Gewebe - über das heiße Antlitz des Lebens geworfen; von ihm wieder weggeweht, bewahrten sie noch wie durch ein Wunder seine Form.

Im weißen Nebel des Wintermorgens stand damals Paul vor dem Spielwarenladen, und die gelbflackernde Gasflamme schien allem Spielzeug ein heißeres Leben zu gelben als das graue Licht der Straße, das die Umrandungen aller Dinge in den Nebel hinüberlöste. Wie er sich zum Gehen wandte, hatte ihn ein leichtes Rauschen nach oben sehen lassen. Aufgereiht an einem gespannten Faden, schaukelten Masken, und, bewegt vom Frühwind, rieben sie ihre grellbemalten Wangen aneinander. Grauenhaft verzerrt waren hier die Hässlichkeiten des Alters gehäuft. Ein Kinn, das nach aufwärts der Nase sich entgegenkrümmte, und dazwischen ein zahnloser Mund, seine eigenen dünnen Lippen einschlürfend; Wangen, zu tiefen Gruben eingesunken, als müssten sie einander im Innern des Mundes berühren; schmale, verkümmernde Kiefer, durch ein breites Grinsen verschoben, fast aus den Angeln gehoben, und straffes graugrünes Haar, das der Wind über gedunsene rote Wangen trieb.

Aber die gleiche Leere lag in den scharfgeschnittenen

Gesichtern. Denn Mund und Augen waren nur Löcher, unfähig, die Spuren von Erlebtem in sich aufzubewahren. Nur die Hässlichkeit des Alters verkündeten diese Larven - nicht Leidenschaften und Ereignetes. In dem kleinen Raum hinter der Glasscheibe des Ladens, schienen Träume und Sehnsucht und Geschicke von Menschen eingefangen, und redeten zu Paul mit noch unverstellten Kinderworten. Aber von nichts redeten diese Gesichter. Gleichgültig schienen sie für das, was sonst gewesen. Schicksale, die man pries, und solche, die man beklagte, seltene, und solche, die im Sand verronnen, alle waren hier verlöscht. Drohend über allem Leben aufgehängt, waren die Larven; verächtlich von allen früheren Schicksalen schweigend, da sie selbst eines waren, das alle andern verschlang. Wie Schicksale sich auch nannten - alle hießen sie einmal: ›Alter‹.

Und wie an jenem Wintermorgen sah Paul altersverzerrte Gesichter sich reihen. Aber nicht mehr Masken. Flüchtig war er an manchen vorübergegangen, aber ohne seinen Willen, hatte sein Gedächtnis sie aufbewahrt. Und von andern, deren Gesicht er vergessen, wusste er noch die Stimme und ihren Gang; und andere waren da, die er seit Jahren kannte und deren Verfall er mitangesehen. Um ihn schienen sie gedrängt, und wenn er die Augen schloss, ordneten sie sich zu Reihen, und dahinter wieder Reihen, die sich schuppenartig halb verdeckten; und sich wiederholend wie das Muster einer Tapete, sah er sie, endlos sich abrollend, nach unten gleiten.

Tief durchfurchte Gesichter; gepflügt, und immer

wieder überpflügt, von einem langen Leben. Taten, Leiden und Gedanken vieler tausend Tage, hatten rastlos ihre Spuren hier eingegraben. Ein Tag wühlte es, der nächste glättete es, und der dritte riss es wieder auf; und nach Jahren fand das Leben längstvergessene Geleise, und scharrte sie unauslöschlich tief. Was jetzt tief und bitter um den Mund sich grub, war einmal ein Lächeln gewesen; wie ein Wind am frühen hellen Morgen leichtwellend über hohe Halme läuft, war es von den Lippen über Wangen zu jungen leuchtenden Augen geglitten; nichts Schweres war diesem Leben verhängt gewesen; im Wiederholen hatte sich das Lächeln verzerrt; weil ihm Dauer gegeben wurde, am Leben selbst, war es hässlich geworden. Wie schlechtgespannte Leinwand notdürftig Gerüst und Seile einer Gauklerbude verkleidet, schien die Haut schlaff und faltig über hart hervortretende Knochen und Sehnen gehängt; entblößt von allem verkleidenden Fleisch verriet sich die Form des Schädels; wie gegen einen dünnen Vorhang, drängte gegen die abgenützte Haut der Tod sein Antlitz, ungeduldig wartend, begierig zu erscheinen.

Und Gesichter, gedunsen wie die der Ertrunkenen. Kraftlos wucherndes Fleisch, das sich zu hängenden Wammen am Halse formte, und blaurote Lippen, von immer neuaufsteigenden runden Wülsten umquollen, wie von trüben Blasen, die aneinandergedrängt, auf lauem jauchigem Wasser liegen. Und er sah zahnlose Kiefer gierig Speise malmen, die zu beiden Seiten des halbgelähmten Mundes triefend herabrann, und Zungen, wie eine Last, hilflos im Mund umhergewälzt, lallend, unfähig Worte zu formen; und Augen, die wie weißlich zufrierende Lachen in tiefgeschaufelten Gruben lagen, und nichts von der Welt mehr spiegelten.

Unruhig bewegt schienen die Reihen; und am Nicken und Sichwiegen der Köpfe erkannte er den Gang. Mit gebogenen Knien, die der Last des Körpers nachgaben, und mit gesenktem Nacken, trotteten die einen; bei jedem ihrer Schritte schien der Kopf ›ja‹ zu nicken; ergeben in Unabwendbares starrten sie zu Boden, und grüßten die Erde, die ihrer harrte. Verneinend zitterte das Haupt der andern; erzwingen wollten sie von ihren steifen Gliedern das sichere ruhige Ausschreiten; gewaltsam richteten sie ihren kraftlosen Nacken auf; gegen die steinerne Hand, die sie zu Boden bog, vergeblich sich auflehnend, erzitterte in unnützem Leugnen verneinend ihr Haupt. Aber regungslos sahen auf ihn Gesichter, entsetzlicher als die andern. Noch war Leben in ihnen; aber nur wie in künstlichen Werken, als Vollendetes und Unabänderliches. Versteint schien alles; als könnte nichts mehr ihnen aufgebürdet, und nichts mehr von ihnen genommen werden. Welk von unnützen Worten waren die festgeschlossenen schmalen Lippen; leer von Hoffen und Angst sahen weitoffene wimpernlose Augen, und wussten nichts von den Tränen, die aus ihnen rannen - unablässig, als brauchten sie für nichts mehr sich aufzusparen.

Was sollte noch über sie kommen? Wie sie jetzt mit offenen Augen ins Leere sahen, so sahen sie jede Nacht ins Dunkel, wenn sie vor Sonnenaufgang erwachten und ohne Schlaf dalagen, den Tag erwartend. Kein Tag kam, von dem sie dachten: ›Wenn der vorüber sein wird ...‹, und keiner, so ersehnt, dass alle andern unwichtig, und nur ein Weg zu ihm, erschienen. Leer, zu kraftlos, um noch einen Inhalt zu ertragen, waren alle Stunden. Nur Stunden des Tags, und Stunden der Nacht, und zusammen nur Zeit, die verrann - unhemmbar verrann.

Und neben ihnen lagen ihre Hände wie langgebrauchtes Werkzeug - zu nichts mehr nutz. Wie Wurzeln eines absterbenden Baumes verdorrt sich aus der Erde recken, ästelte sich, freiliegend, um ihre magern Arme ein blaues Netz knolliger Adern. Was in ihnen rann, war nicht mehr etwas, was heiß und purpurn anstürmend und zurückweichend, in den wundervollen Maßen seines Wellenschlags, von allem Empfinden die wahrste Kunde gab. Träg stotternd rann in verkalkenden Adern ein müdes Blut, sich entfärbend, und bereit zum Zerfall.

Was, was war aus ihrem Besitz geworden? Aus vielen Nächten, in denen sie, nicht ermüdend, durch leere stumme Gassen langsam mit einem andern gingen, und Denken und Empfinden in seiner Überfülle sich wirrend, emporquoll, und nach Worten und Schweigen für sich suchte. So erstickend reich waren sie, dass sie eines bedurften, um sich an ihn zu verschenken. Sie sehnten sich nach fremder, sorgenvoller Last, die sie beschwere und ihre Sohlen am Boden haften mache. Denn es war ihnen, als müssten sie flügellos sich heben und überirdisch schreiten und aus nieversiegendem innerem Quellen mit beiden Händen schöpfend, über die Erde tief unter ihnen, verschwendend, von ihrem eigenen Leben streuen. Als die Erhofften einer Welt, die lange, arm an Liebe, ihrer harrte, fühlten sie sich. Längstgeschehenem erwiesen sie Ehrfurcht, und sie sorgten sich um kommende Geschlechter; das stumme Leben der Pflanzen ängstigte sie, und ihre Sehnsucht floss, wie von hohen Bergen, unaufhaltsam, allem zu: fernen ungesehenen Ländern, die sie liebten, dem nächtlichen Licht rätselvoller Welten, und den verschlossenen Seelen vieler fremder Männer und Frauen.

Tage und Tage hatten ihnen gehört, und an jedem Morgen waren sie helläugig erwacht, noch reich vom gestrigen Erobern, und zu neuen Siegen gegürtet; und an jedem Abend stand der Schlaf neben ihnen, wie ein guter Diener allmählich ihre Rüstung lösend, und leichtwehende Träume waren wie ein weiches, seidenes, mit schillernden Zeichen durchwehtes Zelt, vielfaltig über ihnen ausgespannt. Ihr Leib war noch ihr Eigen gewesen, biegsam wie aufschnellende junge Bäume, fähig zu greifen, zu umklammern, mit seiner Last zu zermalmen, und siegreich über seine eigene Schwere durch Wasser zu gleiten - ein wundervolles Werkzeug, ihr Wollen erfüllend, ehe es Denken geworden, zu beidem tauglich: Tod zu geben und aus fremdem Leib sich selbst zu neuem Leben zu erwecken.

Viel hatte ihnen gehört! Aber jeder Tag hatte von ihrem Besitz gestohlen, bis sie die geworden, die nun ohne Schlaf in sich dehnenden Nächten dalagen und mit hoffnungsleeren offenen Augen ins Dunkel sahen. Wen schreckte noch ihr Drohen, und wen lockte ihre

Liebe? Lohnte es sich, noch etwas zu beginnen, und für wen wollten sie vollenden? Nutzlos war alles Wissen; mächtige Worte fielen verwelkt von ihren Lippen, und sie schwiegen, weil einzig Schweigen nicht Lügen war. Scham und Ekel würgte sie, wenn sie prüfend an ihrem eigenen verfallenden Leib herabsahen, und es graute ihnen vor ihren Gedanken. Wie auf mißfarbenem, gelbem, hochgeschwollenem Wasser trieb wirr alles hinab. Hass gegen eine Welt, die treulos nun andern gehörte, stach aus ihren Augenhöhlen, und ihre schmalen blutlosen Lippen presste der Neid. Das Alter! Wenn es plötzlich durch die Türe zu ihnen getreten wäre, allen Besitz ihnen abverlangend, steinern und unerbittlich mit einem Schlag seine hässlichen Male glühend in ihren Leib brennend? Aber auf tausend Wegen schleichend, gemischt in jedem Trank, und mit jedem Atem eingesogen, hatte es heimlich sie vergiftet. Alles stand verräterisch in seinen Diensten. Erfüllte Wünsche stumpften, und Sehnsucht verzehrte; Vergessen nahm ihnen Erlebtes, und Erinnern nützte es ab; Leiden und Lächeln, beide gruben hässlich ihre Spuren in ein Antlitz. Schicksale, die man pries, und solche, die man beklagte, seltene und solche, die im Sand verronnen, gleichgültig schienen sie nun. Nichts waren sie gewesen als bunte täuschende Trachten, in die vermummt, das Alter einen tückisch beschlich. Und in sich dehnenden Nächten lagen sie ohne Schlaf mit offenen Augen, und fassten es nicht: Was war ihr Verbrechen gewesen, das solche Strafe über sie herabgerufen? Und sie fanden es. Über ihr Blühen hinaus hatten sie dauern wollen; sie hatten erkannt, dass ihre Jugend zu Ende war, aber sie waren zu mutlos und zu schwach, um - ohne umzublicken - rücklings in dieselben nebelverhüllten dunkeln Meere sich sinken zu lassen, die vordem rätselvoll sie ins Dasein gespült hatten. Dauern wollten sie, leben. Und höhnend ihren Wunsch erfüllend, legte das Leben in die Erfüllung alle Strafe. Und mehr als Strafe. Denn wie in unersättlicher Rachgier bäumten sich, hasserfüllt züngelnd, alle Stunden und nagten an ihrem Besitz; verwehrt war die Flucht vor ihnen; mit dem Fliehenden standen sie still und liefen mit ihm, und sie lösten sich von ihm erst, wenn er durch das immer offene Tor, dorthin floh, wo Zeit und Raum nur leere Namen wurden.

Alles hatte das Alter ihnen genommen, nichts war ihnen geblieben. Und in sich dehnenden schlafentblößten Nächten sahen sie aus hoffnungsleeren Augen in das Dunkel, mit unsichern Fingern staunend sich betastend. Wie trüb zufrierende kühle Lachen fühlten sie ihre Augen in tiefgeschaufelten Gruben; was an den wimpernlosen Lidern, langsam sich sammelnd, herabglitt, waren wohl Tränen; für nichts mehr aufgespart, rannen sie unablässig - sie wurden nicht geweint. Und das waren ihre Arme - und das ihr Leib - und das ihre Lippen, nach denen man sich gesehnt - und sie setzten sich auf - um Hilfe wollten sie rufen - aber in widerlichem Schluchzen hörten sie ihre Stimme stöhnen, und sie ließen sich sinken, und schwiegen, und lagen da, wehrlos, entmannt, bespien mit aller Schmach.

Paul stand auf und trat in den schmalen Seitengang; er bog den Kopf zum Fenster hinaus und ließ sich vom

Regen besprühen. Wie der Zug in eine Kurve einbog, sah er den letzten Wagen. Da drinnen lag Georg. Paul dachte daran, wie er ihn zuletzt gesehen. An einem kühlen sonnenlosen Nachmittag; durch das offene Fenster sah er den Regen wie einen unablässig gleitenden grauen Schleier nach unten sinken. Georg hatte dem Fenster den Rücken gewandt, und hell umrandete das Licht seine Wangen, die braun gebrannt von der Sonne waren. Seine Augen waren im Dunkel; aber an den Schläfen und dem Ansatz der Wangen war ein leichter heller Flaum wie auf Früchten, die die Sonne gereift. Voll und ruhig ausschwingend klang Georgs tiefe Stimme, leise umschwirrt von dem lau rieselnden Regen, wie von einem fernen Flügelrauschen endlos hinziehender Vogelschwärme. Sie sprachen von fast gleichgültigen Dingen; aber wenn Georg den Kopf leicht zur Seite wandte, fiel Licht auf seine Lippen. Dann sah Paul die ruhigen gütigen Linien seines Mundes, die er lange kannte. Und gleichgültige Worte, die Georgs Lippen formten, lösten sich von ihnen, und sanken schwer, vollgesogen von Weisheit und Güte. Und so war Georg gestorben; von Krankheit und Alter nicht qualvoll und schmählich entstellt. Wie eine Mutter, vorsichtig von den Armen der Wärterin, ihr schlafendes Kind empfängt - so hatte ihn, der schlummernd aus den Armen des Lebens glitt, leise, unmerklich, der Tod empfangen.

Glücklich durfte man Georg nennen, wie man die beiden Jünglinge glücklich und Lieblinge der Götter nannte, von denen Paul als Knabe gelesen. Er erinnerte sich an den kühlen Frühlingsmorgen. Er saß nahe vom offenen Fenster, das auf den leeren steingepflasterten Hof des Schulhauses sah. Neben ihm stand ein blasser, schmalbrüstiger Knabe, und mit hoher, unsicherer, müder Stimme las er eintönig, stockend übersetzend: von den beiden Jünglingen aus Argos. Wie sie hatten, soviel sie bedurften. Wie sie beide Sieger in den Spielen waren. Wie man das Fest der Heere feierte und die Mutter der Jünglinge zum Tempel sollte und das Rindergespann vom Feld zu kommen säumte. Und wie nun die beiden Jünglinge sich in den Wagen spannten und ihn zogen: und auf dem Wagen saß ihre Mutter. Und wie die Mutter im Tempel vor das Bild der Göttin trat und betete, sie möge ihren Kindern den besten menschlichen Segen zu Teil werden lassen. Und wie die Jünglinge opferten und das Mahl feierten und im Tempel einschliefen; und standen nimmer wieder auf, sondern das war ihres Lebens Ende. Und die Stimme des Lesenden schwoll an, und die schmalen Finger seiner herabhängenden Hand schlossen sich in leichtem Zittern, als er las: ›Da erlangten sie das beste Lebensende, und es zeigten die Götter dadurch an, dass dem Menschen besser sei zu sterben als zu leben.‹

Lange hatte Pauls Gedächtnis das alles aufbewahrt; den kühlen Wind, der damals durchs Fenster kam, und die Blätter seines Buches hob, und die Stimme und die traurigen Augen des Knaben, der später aus der Schule austrat und von dem er nichts wusste - alles das mehr, als die Worte des Buches. Jetzt aber glaubte er, ihren Sinn zu fühlen. Georg! Morgen Abend war er schon eingegraben.

Müde setzte sich Paul auf den schmalen Sitz am

Fenster. Der Regen hatte aufgehört, aber in den Wipfeln ferner Bäume und über dem breiten grauen Fluss hingen Nebel. Drüben am andern Ufer lagen Dörfer, die sich glichen. Vorne am Ufer feuchte Auen, und dahinter leicht ansteigender Boden; eine blaugrau getünchte Kirche mit zwiebeligem Turm, und rings umher, zwischen Obstbäumen, niedere rote Dächer, weiße Mauern mit kleinen Türen, graue Zäune, und die längste weiße Mauer in jedem Dorf war der Friedhof. Dahinter schwammen im Dunst niedere Hügelketten. Wolkenlos schien der Himmel in seinem gleichmäßigen Grau. Nur weit weg am Rand der Hügel, wo der Regen schon vorübergezogen war, starb das satte Gelb des Abendhimmels in das Dunkel. Georg! Morgen also war er begraben.

Kapitel 4

An der Endstation der Pferdebahn stieg Paul aus und blieb unschlüssig stehen. War es nicht zu spät, um noch in den Park zu gehen? Er wich zur Seite vor den Pferden, die ihr Geschirr klirrend auf dem Boden nachschleiften und langsam dem Kutscher folgten. Er sah ihm zu, wie er für die Rückfahrt die Pferde an der anderen Seite des Wagens anspannte und seinen dicken Mantel über die Brüstung des Wagens warf. Die Abende waren jetzt kalt; in kaum einer Stunde dämmerte es schon; war es nicht klüger, mit demselben Wagen gleich wieder in die Stadt zurückzufahren? Der Kutscher trat gerade aus einem kleinen Wirtshaus, ein Bierglas in der Hand, und weißen Schaum an seinem überhängenden Schnurrbart; ein hässlicher Geruch nach Saurem und Angebranntem und lauem Spülwasser zog sich aus der offenen Wirtshaustüre. Paul schritt über die Straße, den niederen Gebäuden zu, die den Park umschlossen; wenn es auch nur eine Stunde war, die er hier verbringen konnte - er wollte bleiben; die Luft war doch freier und reiner als in den Straßen.

Wochenlang hatte ihn das Wetter in der Stadt festgehalten. Nach Georgs Begräbnis war er wieder nach Ischl gereist; aber dort zwang ihn der Regen in Zimmern zu bleiben, die ihn durch die Erinnerung an Georgs Tod fieberhaft verstimmten. Ungeduldig war er wieder nach Wien zurückgekehrt, und hoffte, dass ruhige sonnige Tage im Herbst ihm etwas von ihrer eigenen heiteren Kühle geben würden. Wie in früheren Jahren wollte er dann an jedem Nachmittag ins Freie gehen. Am liebsten allein; denn selbst seine Gedanken waren ihm dann zu viel, und schienen hindernd und schwer zwischen ihn und die milde herbstliche Klarheit sich zu drängen, die ihn umgab. Von den Bäumen war schon ein wenig Laub gefallen; wo sonst grüne Massen wirr ineinanderquollen, entwirrten sich Stämme, und man verstand ihren Wuchs, ihr Verzweigen, wie sie zueinander sich neigten oder, dem beherrschenden Schatten anderer entweichend, sich dem Licht entgegenbogen. Auf den Feldern stand nicht mehr die Frucht, und deutlicher sah man das sanfte Ansteigen der Äcker, den Abfall der Wiesen zu Tälern hin, und wie zwischen sich überschneidenden Hügelwellen, das Bett für einen Bach gegraben war. Die Fernen schwammen nicht im Dunst; in sicheren Linien schieden sie sich von Wolken. Klar schien sich alles um ihn zu gliedern. Wie es sich sonderte und stufte, erkannte er die Zusammenhänge. Was ihn umgab, begriff er so, als übersähe er es aus der Ferne. Das Einzelne bestach nicht mehr. Gerechter als vorher, vermochte er im stillen klärenden Licht des Herbstes den stummen Willen der Landschaft zu erfassen, durch die er schritt, und ihr Gesetz.

Oder er ging durch Straßen mit schmucklosen weißen Landhäusern, die in alten Gärten standen. Viele waren schon leer, und weiße Läden verschlossen die großen Fenster und Türen. Und in denen, die noch bewohnt waren, schien alles Tun der Leute nur ein stummes Abschiednehmen. Auf der niederen Terrasse saß, in weidengeflochtenem Stuhl, eine Frau zurückgelehnt, und ihre Hände, die im Schoß lagen, hielten noch die Nadel und die unfertige Arbeit; die Tage waren schon so kurz, und die Dämmerung wuchs so schnell. Dann klangen Namen; und aus den Büschen und dem Dunkel der Alleen lösten sich heller Kindergestalten, und stiegen zögernd die Stufen der Terrasse hinauf, unwillig, dass ihr Spiel so früh enden musste; aber die Abende waren jetzt schon kühl. Durch die große Glastüre trat, leicht vorgeneigt, eine alte Frau. Sie schien mit der Frau im Lehnstuhl zu sprechen, dann strich sie mit der Hand über das Haar der Sitzenden und stieg mit vorsichtigen Schritten die Treppe hinab. Langsam ging sie zwischen den leeren Beeten. Sie neigte sich über eine späte Georgine, die noch blühte. Dann stand sie still und sah zum Himmel auf. »Wie hell es noch ist«, sagte sie, sich leicht zur Terrasse wendend; und wie von oben die Antwort kam, nickte sie mit dem Kopf wie zu Wohlbekanntem, und lächelte, weil es die Jugend so gut hatte und immer nur im Herbst fühlte, wie schnell die Zeit verrann.

Fast dieselben Dinge waren es, die Paul jedes Jahr im Herbst draußen vor der Stadt wiederfand; die Landschaft, der Ausdruck in den Gesichtern der Menschen, und auch seine eigenen Gedanken, die sich mitverflochten, schienen nur wenig verändert. Manchmal aber geschah es ihm, dass sein Blick gleichgültig über oftgesehene Dinge glitt: Über einen schmal sich windenden Weg zwischen hohen Gartenmauern, oder über fahle, blutiggetigerte Blätter, die der Wind zusammengeweht; und plötzlich schreckte ein Erinnern ihn auf, und er blieb stehen. Einmal hatten diese Dinge, die er jetzt kaum sah, stark an ihn gerührt. Sein Empfinden bewahrte noch die Erinnerung, aber seine Gedanken wussten nichts mehr davon. Der Weg, da zwischen den Mauern an der Rückseite der Gärten, wie er sich wand, und die kleinen verschlossenen Türen - irgendetwas hatten sie ihm damals bedeutet. Etwas, wie eine Antwort auf vieles, Oftgefragtes; aus den Dingen, an denen er jetzt achtlos vorbeiging, hatte damals irgend ein Erkennen, unverhüllt, mit nichtlügenden Augen auf ihn gesehen. Gedanken waren damals in ihm aufgewacht, und, jubelnd über ihre eigene Kraft, unaufhaltsam emporgestiegen, - irgendwohin, wohin er nicht wieder den Weg fand. Was damals in ihm gewesen war, schien ihm so unwiederbringlich verloren, als hätte eine Übermacht: es aus seinem Innern gerissen, und, für immer unerreichbar, über die Erde hinaus, in den Weltenraum geworfen. Und er begriff es nicht: Wie konnte etwas, das einmal sein gewesen, ihm so verlorengehen, dass er auch nicht mehr wusste, was er verloren? Was ihn einmal so erschüttert hatte, musste es nicht von jeher und für immer, unverlierbar in ihm ruhen? Was war noch sicher, wenn sein eigenes tiefes Empfinden ihn so verriet? Konnte dann nicht für alles, was er jetzt als seinen einzig wirklichen inneren Besitz fühlte, auch ein Tag kommen, an dem es wertlos hinter ihm ins Leere versunken war? So gelöst von ihm, dass auch nicht mehr die Erinnerung daran überlebte? Und er zweifelte, ob, was er damals empfunden, auch wirklich ihm gehört hatte. War es nicht vielleicht aus vielem, was ihn fremd umgab, nur an ihn herangeweht worden? Und nur, weil er leer war, hatte es in ihm keimen und vergänglich sich entfalten können? Und gab es nichts, das unvergänglich in ihm war, das ihn nicht verlassen konnte, dessen er sich sicher fühlen durfte, und das immer ihm, und nur ihm, so gehörte, wie das Blut in seinen Adern?

Aber nur selten hatte sein Denken verwirrend und beängstigend ihn so umsponnen, wenn er draußen vor der Stadt, den kühlen und noch durchsonnten Herbstwind fühlte. Und auch in diesem Jahr freute er sich auf den Herbst. Als er von Ischl nach Wien zurückkehrte, fand er auch hier Regen. Es waren die letzten Tage des Sommers, und die Bäume, von denen der Regen allen Staub wusch, waren noch grün. Wochenlang hielt der Regen an; die Blätter färbten sich nicht und hingen, von keinem Wind bewegt, durchweicht an den Zweigen. Aber eines Abends erhob sich ein Sturm, der den Himmel reinfegte. Die ganze Nacht hindurch blies ein starker kalter Wind, und am Morgen standen die Bäume kahl und in gelblichen Lachen lagen faulend ihre Blätter. Und seither waren windstille umwölkte Tage; am Morgen fror es, am Abend lag dichter Nebel, und man fühlte, dass der Herbst zu Ende war, ehe er begonnen hatte.

Während der Regenzeit war Paul in der Stadt geblieben. Er empfand Ärger und Unbehagen, als wäre er durch das Wetter um etwas betrogen worden, worauf er Anspruch hatte. Er merkte seine Verdrossenheit störend bei allem, was er tat. Und selbst auf seinen Gedanken lastete etwas, was sie lähmte. Sie fügten sich ängstlich ineinander, als fürchteten sie, an irgendetwas zu streifen, was wie eine schwere dunkle Masse in ihm lagerte. Ihm war, als hätte er - er wusste nicht mehr wann - ungeheuerlich gelogen, und müsste es nun vor anderen und vor sich selbst verbergen; oder, als hätte er unbewusst die Kraft besessen, irgendetwas, das er wirr und hässlich empfand, von seinem Wesen abzusondern; aber zu schwach, um es ganz aus sich fortzuschaffen, fühlte er es schwer und unverständlich im Weg liegen, gemieden von seinen Gedanken.

Manchmal meinte er auch, dass es vielleicht noch uneingestandener Schmerz um Georgs Tod wäre; aber wenn er genau hinhorchte, fand er nichts mehr in sich, was um Georg klagte. Unmittelbar nach Georgs Tod hatten alle schmerzlichen Gedanken - sich selbst immer mehr aufhetzend - sich in ihm müde getobt, bis sie, erschöpft von Irrwegen, bei der billigen Weisheit von aller Welt angelangt waren: Dass, jung sterben und plötzlich sterben, noch das Beste wäre. Nur manchmal fragte er sich: Was wäre geschehen, wenn er früher als Georg und so wie Georg gestorben wäre? Ob dann Georgs Schmerz um ihn auch in dem seichten Bett allgemeiner Gedanken versandet wäre? Sein Stolz sträubte sich dagegen; und er zerrte dann an allen Erinnerungen, um seinen Schmerz wieder aufzujagen, und sehnte sich nach Quälendem, nur damit er - ohne dass sein Stolz darunter litte - sich eingestehen dürfe, dass Georg um ihn so getrauert hätte, wie er um Georg.

Als könnte er den kühlen und sonnigen Herbst, den er liebte, doch noch irgendwo draußen finden, ging Paul alle Nachmittage ins Freie. Aber er fand überall dasselbe: Eine Landschaft, die hässlich geschrumpft schien, oder öde sich dehnte; die keinen Zwecken mehr diente und nichts mehr erhoffte; nur mehr wartend lag.

Paul schritt längs der niedern gelben Gebäude, die den Park umschlossen. Als er zum Haupttor hin einbog, traf ihn vom Wienufer ein hässlicher brenzlicher Geruch; die Fahrstraße war aufgerissen; aus einem kleinen Zelt, das eine Grube überspannte, stieg dunkler Qualm. Zwischen Erdwällen und geschichteten grauen Pflastersteinen standen Arbeiter bis zu den Hüften im Boden. Er sah nur die gebeugten Nacken und Rücken der Grabenden, und bloße behaarte Arme, die, aus dem Boden wachsend, Spitzhauen schwangen und sie auf Steine schmetternd niederfallen ließen. Ein einziger stand ruhend aufrecht; ein leichter kalter Wind wehte das feuchte verstaubte Haar von seiner Stirn zur Seite; er hob den Arm und wischte mit dem Handrücken den Schweiß von seinen Schläfen.

Paul sah zum Himmel auf; der Wind strich nur nahe am Boden, denn der bleigraue Himmel schien unbewegt. Er schritt durch das Gittertor über den hellen gefegten Sand des Hofes. Außer einem Burggendarmen und dem Wachtposten war niemand da. Im Parterre vor dem Schloss knieten Gartenarbeiter auf den Rasenflächen und schichteten gelbgrüne verblichene Rasenziegel. Die Beete lagen entblößt, und ihre schwarze lockere Erde war aufgewühlt. An die Sockel der sandsteinernen Bilder hatte der Wind braune modernde Blätter zu Haufen angeweht. Irgendwo klangen Stimmen. Paul sah auf; ein Mann, der zwei Kinder an der Hand hielt, kam über den Wiesenhang von der Gloriette herab. Die offene luftige Säulenhalle schien unkörperlich und flach an den

Himmel gepresst, der in wolkenlosem Grau dahinter aufstieg. In fahlem Gelb zog sich der steile Wiesenhang herab, jäh abgeschnitten durch die steinerne modergrüne Rückwand des Neptunbrunnens. Zwischen all den matten erlöschenden Farben, schien das Grün des Tannenhintergrundes sich schwarz zu einer Höhle zu vertiefen, aus der die steinernen Hippocampen sprengten.

Paul trat an den Rand des Wasserbeckens. Braune Blätter lagen auf der unbewegten Fläche; von den großen Goldfischen in der Tiefe drang nur ein matter roter Schein durch das dunkle Wasser nach oben. Er hörte hinter sich auf dem Kies langsam schlürfende Schritte, die immer näher kamen. Ein Schatten schien über das Wasser zu sinken; dann sah er in dem dunklen Spiegel zwei Frauen. Er wandte sich nicht um. Sie mussten ganz nahe bei ihm stehen; nur ein wenig weiter weg als er, vom steinernen Rand. Sie trugen dunkle Kleider; ihre Züge unterschied er nicht. Eine junge, leicht müde Stimme sagte: »Gib her, Mutter!« Eine schmale Hand, deren dünnes Gelenk ein zu kurzer Ärmel frei ließ, spiegelte sich noch, hocherhoben im Wasser, dann fielen weiße Brocken auf die Fläche, und immer weiter verrinnende Kreise zerrissen das Bild. Aus der Tiefe stiegen Fische und drängten sich gierig um die Brocken, die gegen die Mitte trieben.

Unklar fühlte Paul, wie eine Erinnerung ihn traf, durch ihn glitt, und ihn wieder verließ. Wo nur hatte er es gesehen: Weiße Hände, wie die einer Frau, über einem Wasser erhoben, Futter den Fischen streuend? Rotglänzenden Fischen, die mit feisten, aus dem

Wasser ragenden Rücken, und gierig schnappenden Lippen, sich an ein steinernes Ufer drängten, und dann satt sich sinken ließen, bis sie nur mehr wie große Blutstropfen aus der dunklen Tiefe schimmerten. Wo nur hatte er es gesehen? Er fand es nicht. Er wandte sich suchend nach den beiden Frauen um, als könnte er es leichter finden, wenn er sie sähe.

Sie standen nicht mehr da; sie waren in eine seitliche Allee eingebogen. Manchmal wurden sie von breiten Stämmen gedeckt, dann wieder schienen sie hinter dem starren schwarzen Gitterwerk gleichgestutzter dürrer Sträucher wie Gefangene zu schreiten. Paul sah ihnen nach; dann ging er langsam denselben Weg.

In der Stille war nur das Knirschen seiner Schritte auf dem Kies; manchmal auch das Knistern und Rauschen spröder zerbröckelnder Blätter. Braun und hart geworden lagen sie auf dem Weg, und hatten nichts von dem prunkenden purpurnen Sterben blutiggetigerten Laubes; feindselig, wie ein Sterbender sich von allem Leben abwendet, rollte sich jedes Blatt von den beiden Rändern her gegen die Mitte zusammen, als wollte es von nichts mehr wissen; in sich verschlossen gegen alles, was noch kam.

Am Ende der Allee, dort, wo sie in ein Rondeau mündete, blieben die beiden Frauen stehen. Vor ihnen, umgeben von Bänken, lag ein kleines rundes Wasserbecken, aus dessen Mitte eine steinerne fischgeschwänzte Frau sich hob. Sie ruhte auf einem Delphin; und ihren reifen, überquellenden Leib leicht nach vorne neigend, den Kopf zurückgebeugt, schien sie mit erhobener Hand ihre Augen zu beschatten vor einer Sonne, die nicht am Himmel stand.

Die beiden Frauen traten näher an den Rand des Beckens. Die eine neigte sich und sah hinab. »Das Wasser ist leer, Mutter«, sagte sie. Scharf umrissen zeichnete sich ihre schmächtige dunkle Gestalt auf dem grauen Hintergrund der steinernen Gruppe. Vor der lebenerfüllten reichentfalteten Nacktheit der Frau auf dem Delphin, schienen die überschlanken Glieder des jungen Mädchens, wie aus Scham über ihre eigene Dürftigkeit, ängstlich sich in den schwarzen Stoff zu hüllen. »Ich bin müde«, sagte sie. Ehe sie sich mit ihrer Mutter auf eine Bank niedersetzte, wies sie lässig mit der Hand auf runde schwarze Flecke, die von dem helleren Kies ringsum abstachen. »Die Orangen hat man schon hineingetragen«, sagte sie, »weil es schon zu kühl für sie ist«. Es klang unsicher, stockend, als tastete sie sich schwankend von jedem Wort zum nächsten.

Sie saß müde da; den Kopf in den Nacken zurückgebogen, als zöge ihn die schwere dunkle Masse der Haare dorthin, den einen Arm auf der Rücklehne der Bank, die andere Hand im Schoß. Paul konnte ihr Gesicht nicht sehen; nur einen schmalen blassen Streifen ihrer Wangen und ein blutloses dünnes Ohr, dessen wächserne Fahlheit durchleuchtet schien. Unfähig, Schweres zu tragen, schienen die schmalen Kinderschultern; so abschüssig fielen sie von dem dünnen Hals, dass selbst Schmuck haltlos über sie gleiten musste.

Es schien Paul, als erlebe er dies alles zum zweiten Mal. Als hätte er schon einmal da, am Ausgang der Allee gestanden - an einem Herbstabend, ehe es dämmerte - und wie heute hätten dort zwei Frauen gesessen - dieselben Frauen; und dann ... was war dann geschehen? Er fühlte, dass er nahe daran war, es wieder zu wissen; nur eine dünne Wand schien noch zwischen ihm und dem Erinnern zu stehen. Oder täuschte er sich? War es nur das matte ersterbende Licht, oder die Stimme gewesen, was ihn an anderes, Längsterlebtes erinnerte? Suchend sah er hinüber zu den beiden Frauen. Lässig lag die Hand der Jüngeren in ihrem Schoß. Der enge schwarze Ärmel hatte sich nach oben hin verschoben; hart traten die Knöchel an dem schmalen Gelenk vor; der Handrücken sank spitz in den schwarzen Stoff des Kleides, und die innere Fläche der offenen Hand war fleischlos und voll schlaffer Falten. Zu einer müden, willenlosen Gebärde schien die Hand sich zu öffnen.

Paul fühlte, wie eine Erinnerung immer von neuem an ihn heranspülte, und ehe sie ihn erreichte, wieder zurückebbte. Jetzt war es da, nein, jetzt war es wieder weit weg von ihm und schien immer weiter nach rückwärts zu verrollen. Und mit einem Schlag war es wieder da: Auf mattblauer Seide der Schatten eines Fensterkreuzes und, über die lichten viereckigen Felder und über die dunkeln Stäbe hin verstreut, Blumenblätter von tiefviolettem Mohn mit weißem zerschlissenem Saum. Und eine schmale Hand mit welken Fingern, kraftlos zu einer bettelnden Gebärde sich öffnend, und alles war wieder da! Der schwüle Tag und das Zimmer, halb im bläulichen Dämmern und halb von der heißen Sonne erfüllt; und ein schmalgewordenes Gesicht, wie das Haupt einer

Ertrunkenen auf der Flut der dunkeln Haare schwimmend, die in losen Wellen über die weißen Polster rannen; und wieder fühlte er sich hilflos vor dem Jammer ihres Sterbens und vor dem Schmerz, der mit gekrümmten steinernen Fingern in ihn griff und alle Worte und alles Denken würgte. Und das Schweigen der Sterbenden, mit dem sie ihn verdammte und sich von ihm schied, war wieder da; und vorher Nächte, in denen er an ihrem Bett saß, seine Hand zwischen ihren fiebernden Händen; und ihr Blick schwoll an ihn heran, vollgesogen, trunken von tiefer trauriger Liebe, und jedes ihrer Worte war eine Wunde, aus der ihre Zärtlichkeit, unstillbar, sich verblutend, rann. Und weiter zurück waren viele Tage, in denen sie zu seinen Füßen saß, in weißen Händen seine Sehnsucht auffangend, wenn sie in dunklen Sprudeln aus ihm brach, und alle Tage langer Jahre, in denen ihr Leben über das seine geweht hatte, wie über heiße Schläfen ein kühlender Wind gut weht. Und mehr noch zurück; ein ganzes Leben lag dort, reicher als das, das er lebte, und erfüllt von unendlich vielem. Keine leeren Stunden gab es, die nur die Brücken zu erhofften reicheren waren; und nichts, das wertlos am Weg stand, an dem man fremd vorüber durfte. Ihm hatten alle Dinge ihr Antlitz zugewandt, um seinetwillen waren sie da, und ihr Schicksal vermochte er nicht von dem seinen zu lösen.

Fremd und sie nie erfassend, war er in die Welt geworfen, in der er im Wachen lebte; wovon er nicht wusste, rührte an ihn, und was er tat, wirkte ins Unbekannte. Aber aus ihm geboren war die Welt, in der er träumte; von ihm gesteckt waren die Grenzen ihrer Himmel und ihrer Erden. Allwissend war er in ihr, und alles wusste von ihm.

Und das alles war verloren und lag wie ertrunken in einer Tiefe, in die er nicht tauchen konnte. Er fühlte sich verlassen, und litt um eine Frau, die ihm gestorben war; und von den Jahren, die er mit ihr gelebt, lösten sich die Erinnerungen vieler Tage und Stunden, und rollten ihm zu, und sanken schwer in seinen Schmerz.

Um eine Frau, die nie gelebt hatte! Um einen Traum, den er vor Monaten geträumt - in der Augustnacht, in der Georg gestorben war!

Er begriff es nicht. Gab es Träume, so erfüllt von überlebendigem Leben, dass es in den wachen Tag hinüberquoll, und einen anfasste wie Geschehenes? Schwand nicht alle Kraft der Träume mit dem Morgen? Durften denn nicht Träume bloß darum, süßer, und grausamer, und mit prunkenderer Macht als das Leben, ihre Herrschaft üben, nur weil dieses jeden Augenblick ihnen zurufen konnte: ›Genug!‹? War nicht alles zu Ende, wenn man erwachte?

Wenn man erwachte!

Und wenn man nicht mehr erwachte?

Wenn in die Mitte buntverkleideter hastiger Träume, die - fieberhaft über die Wirklichkeit erhöht - wie im Spiel sich drängten, der Tod, der wirkliche Tod trat, und alle Türen zum Leben hinter ihm zuschlugen? Wurden vor den Strahlen seines Ernstes nicht Träume wahr, alle Masken zu Antlitzen, stumpfe Waffen scharf, und aus erdichteten Wunden rann lebendiges Blut?

Träume waren es, solange man noch aus ihnen

erwachen konnte; wenn noch der helle Morgen, wie ein junger weiser Richter, über dem wirrverflochtenen Tun und Leiden nächtlicher Träume zu Gericht saß, Verknüpftes lösend, und lächelnd alles wieder einsetzend, in seinen vorigen Stand. Aber, wenn aus dunklen Klüften hervorgebrochene, flüchtig rauschende Träume, nicht mehr ins wache Leben mündend sich ergossen, wenn sie am Tod, der sperrend in die Mündung trat, sich stauten - erstarrten sie nicht? Wurden sie nicht hart, schwerlastend, unwiderruflich wie das Leben, das einzige Leben für den, der vor dem Tod von keinem anderen mehr erfuhr? Denn was früher gewesen, erlosch, als er einschlief, und es gab kein Erwachen mehr, an dem es sich wieder entzündete. Ihr Schicksal waren Träume denen, die einschliefen und nicht mehr erwachten, die starben, wie Georg gestorben war.

Wie Georg?! Wie war der denn gestorben?

Als der Georg, den er zuletzt gekannt? Dessen junges weiches Haar dunkel über einem Antlitz wellte, das braungebrannt von der Sonne war? Dem noch sein eigener Leib gehörte, schwellend in seinem Saft, wie ein junger Baum an Wasserbächen gepflanzt; fähig zu greifen, zu umklammern, mit seiner Last zu zermalmen und, Herr über seine eigene Schwere, durch Wasser zu gleiten; ein wundervolles Werkzeug, sein Wollen erfüllend, ehe es Denken geworden - zu beidem tauglich, Tod zu geben, und aus fremdem Leib sich selbst zu neuem Leben zu erwecken.

War Georg jung gestorben? So jung, als er einschlief, alle Möglichkeiten unverbraucht in sich tragend, unter siegerhoffenden Sonnen, allen kommenden Schicksalen zuversichtlich entgegenreifend? War er in traumlosem Kinderschlaf dem Leben entglitten - leise unmerklich vom Tod empfangen, wie von einer Mutter, die, vorsichtig aus den Armen der Wärterin, ihr schlafendes Kind empfängt?

Oder hatte der Tod das Netz zusammengeschnürt, das Träume über Georg geworfen, und, gefangen unter ihm, hatte er das Leben gelebt, das Träume befahlen? Waren Jahre in seinen Schlummer gedrängt gewesen - gute und hässliche Stunden - aber alle an seinem Leben zehrend und es ausschöpfend? War er viele sich dehnende Nächte schlaflos dagelegen, alt, verraten von allem, was einmal ihm gehört hatte? Die Glieder ohne Kraft, als wären ihre Sehnen durchschnitten, und die schmalen Lippen mutlos herabgesunken, welk von unnützen Worten; und die Zunge gelähmt, schwer wie eine Last im Mund umhergewälzt, lallend, unfähig Worte zu formen ... hatte er so, mit leeren Augen, aus denen längst alle Hoffnungen geronnen, den Tod herankommen gesehen?

Oder hatte der Traum alles Frühere verlöscht, und nur undurchdringliches dunkles Drohen rings um Georg aufgetürmt? Und in fensterlosen Räumen mit vermauerten Türen hetzte ihn die Angst umher; und er lief und wurzelte am Boden, und er schrie, und seine Stimme kam nicht; und stumm, gelähmt, in sinnlosen Martern, sah er unverständlich aus dem Dunkel die Hand sich nach ihm recken, die ihn würgte und würgte, bis er verging.

Wusste er, wie Georg gestorben war?

Unbegangene dunkle Straßen gab es, auf denen, ehe man starb, alles noch den Weg zu einem finden konnte: Qualen, die allen Gewinn eines Lebens zu nichtigem Staub zerrieben, und Ersatz für längst verloren Geglaubtes. Nicht die Lebenden durfte man glücklich preisen, und nicht die Toten. Denn ehe noch der letzte Atem über klaffende Lippen wehte, auf schnelleren Wegen als das Licht, konnten unerkannt vielleicht Vollstrecker nahen, die hier Verworrenes hier noch lösten, die an noch Lebenden Urteilssprüche vollzogen, irdisches Unrecht zu irdischem Recht richteten, und die, von fremden Augen ungesehen, qualvolle Tode verhängten, und Verlassene wieder einführten in die Heimat, und Gefesselte hinaus, in Seligkeiten.

Ziemte es sich nicht, auch vor der verhüllten Möglichkeit gerechter Lose, ehrfürchtig seine Augen zu beschatten, so wie die steinerne Frau - da, vor ihm, auf dem Delphin - ihre Augen vor den leuchtenden Strahlen einer Sonne beschattete, die - wenn auch ungesehen - blendend am Himmel stand?

Gerechte Lose! Das Wort traf und erschreckte ihn, als wäre es vom Himmel herab, schwer und eisern, gefallen und läge nun, ein Fremdes, inmitten seiner Gedanken. Wusste er von gerechten Losen? Und wann hatte er nach fremden Losen und dem Recht, das ihnen geworden, gefragt? Waren ihm denn nicht fremde Schicksale immer nur bunt und wechselvoll erschienen, seltsam sich verschlingend und lösend wie Märchen, und kaum mit der Kraft dieser an sein Empfinden rührend? Vergangenes, und was rings um ihn täglich sich erfüllte, war ihm gleich nahe gewesen. Längst kalt gewordene Taten, von denen nur ein matter Schein, verblassend, durch Jahrhunderte zu den Lebenden herüberdämmerte, hatte er mit fiebernden Händen an sich herangerückt, und noch zuckende Schicksale lebendiger Menschen, die um ihn gedrängt, mit ihm zugleich die Erde traten, solange mit abwehrend sich spreizenden Fingern von sich ferne gehalten, bis beides – Totes und Lebendiges – gleich weit von ihm, wie auf derselben Bühne, schattenhaft sich selbst zu spielen schien. Als wäre es nur ein Schauspiel, ihm geboten – so hatte er auf fremdes Leben gesehen; und mit hochmütig sich senkenden Lidern hatte er sich davon abgewandt, wenn aus Kämpfen und tiefen Qualen kein Wort und keine Gebärde sich rang, die ihn zu rühren vermochte.

Paul wandte den Kopf und sah nach den beiden Frauen, die von der Bank sich erhoben hatten, und nun von ihm weg, quer über den runden Platz schritten. Vor einer der großen sandsteinernen Urnen, die den Platz umsäumten, standen sie still, unschlüssig, in welche Allee sie einbiegen sollten. In der sonnenlosen nebeligen Luft schienen ihre Gestalten körperlos, nur Schatten, von unsichtbaren Leibern an die graue steinerne Masse der Urne geworfen. Sie lösten sich von ihr, wurden von breiten Stämmen gedeckt, glitten hinter ihnen hervor, und schienen, wie gefangen hinter dem schwarzen starren Netz dürrer Hecken, immer weiter zu irren.

Paul erinnerte sich, wie eifrig er den beiden Frauen hierher gefolgt war; und nun ließ er sie gehen, ohne zu wissen, wer sie waren, wie sie eigentlich aussahen; und er hätte doch nur wenige Schritte machen müssen, um ihre Züge zu sehen. Morgen konnte er ihnen irgendwo in der Stadt am hellen Tag begegnen, und er würde sie nicht wiedererkennen. Einen Augenblick lang hatten sie in seinem Leben etwas bedeutet; und nicht einmal sie selbst. Dass ihre Schatten über ein dunkles herbstliches Wasser fielen, oder dass die Stimme der einen jung und müde klang, oder dass hier in dem öden Garten unter dem grauen bleiernen Himmel ihre schwarze schmächtige Gestalt hilflos und verlassen schien - oder vielleicht all das zusammen, war ihm so lange wichtig erschienen, als er fühlte, dass es an Dinge rührte, die lange tief in ihm vergessen lagen, und die nun wieder nach aufwärts drängten. Die Erinnerung an einen Traum, den er vor Monaten in der Augustnacht träumte, in der Georg gestorben war, hatten sie in ihm geweckt, und als wäre ihr Amt nun erfüllt, glitten sie aus seinem Leben, schattenhafter und wesenloser für ihn, als ein Traum oder die Erinnerung an einen Traum.

Die Luft schien plötzlich kälter zu werden. Kurze Windstöße standen vom Boden auf und scheuchten das Laub aus braunen vermodernden Lagern. In steilen Wirbeln stiegen die Blätter hoch über die dürren Wipfel der Bäume, als wollten sie im Sturm durch die niedere Decke bleigrauer Wolken ins Freie; aber wie ohnmächtig, betäubt vom Anprall, kamen sie zurück und sanken, in mattem Taumel langsam sich drehend, wieder zur Erde. Hinter den aufgejagten grauen Staubwolken verschwanden die beiden Frauen am Ende der Allee.

Paul sah ihnen nach. Wie diese beiden Frauen war alles, was jemals in sein Leben getreten war, immer wieder daraus verschwunden. Männer und Frauen und Geschehenes waren für ihn nicht mehr gewesen als etwas, was ihn träumen ließ, oder die Erinnerung an längst Geträumtes in ihm weckte. Niemals war er begierig gewesen, ihr wahres Antlitz zu sehen. Wertlose Scheite waren sie für ihn, bestimmt, die Gedanken zu nähren, die unruhig flackernd in ihm brannten, und es schien ihm so müßig, um ihr eigenes Schicksal zu fragen, wie um das des Rauchs, der flüchtig aufsteigt und im Wind sich löst.

Georg war ihm gestorben. Aber alles, was ein Fragen um Georgs mögliches Schicksal geschienen, war nur ein angstvolles Fragen um sein eigenes gewesen; und er hatte um Georg getrauert, weil einer ihm gestorben war, mit dem er gerne nachts durch menschenleere stille Gassen schritt. Vieles Qualvolle und Verworrene in ihm hatte sich dann lindernd zu Worten geformt; seine eigenen unruhig fragenden Gedanken hatte er in Georg geworfen, bis sie aus diesem widerhallten, verändert, und doch nur so fremd wie ein geliebtes Lied, das man eben noch gesungen, und das einem nun aus tönenden Saiten freundlich von ferne entgegenkommt.

Und Frauen waren in seinem Leben gewesen und hatten ihn geliebt. Sich selbst und das viele, wovon sie erfüllt waren, trugen sie ihm entgegen. Denn viel hatte geschehen müssen, ehe sie so schön geworden. Die Sonne vieler Tage und die dunkle Ruhe vieler Nächte hatten sie gereift. Und in jeder Nacht waren

Erinnerungen und sehnsüchtige Wünsche aufgestanden und als Träume durch ihr Leben gezogen, und mit ihnen waren alle Stunden aller Tage am Werk gewesen, ihre Seele zu formen.

Denn jede Stunde war erfüllt von unendlich vielem. Von Worten und von Schweigen und von rätselhaften Tönen, von fremden Blicken und von eigenem Schauen; und ihr eigenes Licht hatte jede Stunde, je nach dem Sonnenstand und dem Ziehen der Wolken, die Luft, die der Atem trank, war eine andere in jeder Stunde; nichts konnte zweimal sich ereignen, und reich an nie noch dagewesenem, nie wiederkommendem, unaufhörlichem Geschehen war jede Stunde, und kein leerer Raum vermochte in ihr zu sein.

Und unverloren war der Reichtum aller Stunden in einer Seele aufbewahrt, die kaum mehr davon wusste. Und der tiefatmende Friede, der manchmal aus dem dunkeln Klang einer Frauenstimme, wie über breite Tempelstufen, segnend zu einem herabstieg, war vielleicht in die Seele dieser Frau an einem heißen Sommertag eingezogen, an dem sie - noch ein Kind in der Wiege - in einem sonnigen Garten lag. Ihre hellen leeren Augen hatten kaum sehen gelernt und wussten noch nicht den Sinn dessen, was über ihnen war: Eine schmale weiße Hand, die manchmal über sie strich, und weiter oben durchleuchtetes regungsloses Laub eines Baumes und das Schweigen der Vögel, und noch weiter, tiefes wolkenloses Blau, und über allem die Stille. Und in anderen Stunden war wieder anderes geworden. Vieles aus einem Schauern an einer Leiche, und manches aus der lähmenden Angst böser Träume, und anderes aus dem Blick eines Tieres, und wieder anderes aus der gärenden Unruhe, die einen in Frühlingsnächten ans offene Fenster trieb und dort festhielt - bis das eigene Haar, feucht und schwer vom Tau, wie ein eherner Helm auf einem lastete, und der starke Duft weißer blühender Bäume, zugleich mit dem Morgenwind, wie eine kalte schneidende Waffe, schmerzlich gegen müde sich senkende heiße Lider schlug.

Alle Stunden, die kamen, formten so mit unablässigen Fingern eine Seele, und sie schien aus immer gleichen unseltenen Dingen, die allen gemein waren, gemacht. Weil aber nichts wiederkommen konnte, weil kein Wind zweimal wehte, der Strom von heute nicht mehr der von gestern war, und jede Abendsonne um die Sonne des vorigen Abends gealtert sank, und die Last und der ganze Reichtum aller früheren Stunden, die bis zu ihr gewesen, auf jeder neuen Stunde als ihr schweres Erbteil lagen, war auch jede Seele die Hüterin von nie gesehenen, unerhörten, einzigen Wundern. Nie Vorhergewesenes und nie Wiederkommendes, Unersetzliches entfloh mit jedem letzten Atem, der über klaffende gelähmte Lippen wehte.

Und ihre ganze Seele trugen Frauen in demütigen Händen dem entgegen, den sie liebten. In allem was sie taten, wollten sie sich an ihn verschenken. Nicht nur, wenn sie ihn ansahen, oder mit ihm redeten, oder wenn ihre Lippen zwischen seinen Lippen, wie Falter mit geschlossenen Flügeln im offenen Kelch einer Blüte hingen. Immer trieb es ihre Seele zu ihm hin; wenn sie nicht bei ihm waren, stand ihre Seele auf der Schwelle und sah nach ihm aus; und wenn sie stumm bei ihm saßen, trat ihre Seele aus ihnen heraus und füllte - sich dehnend - den Raum, und zwischen den steilen Wänden des Schweigens gefangen, schwoll sie stark und betäubend an, wie Musik oder Duft in verschlossenen Zimmern.

Ein schriller kurzer Schrei brach durch die Stille. Paul sah auf; ein schwarzer Vogel schoss in niederem geradem Flug an ihm vorbei, und verschwand im Gestrüpp. Paul trat näher an den Rand des Beckens; aus dem gesunkenen unbewegten Wasserspiegel sah sein eigenes Gesicht deutlich, nur dunkler und trauriger als in Wirklichkeit, ihn an.

Sich selbst nur hatte er in allen gesucht, die ihm begegnet waren, und von dem ganzen Reichtum ihres eigenen Lebens, den Frauen ihm entgegentrugen, hatte er nichts wissen wollen. Es quälte ihn, dass er sie anders wusste, als er selbst war. Oft nur mit einem Lächeln, und dann wieder mit scheinbar spielenden klugen Worten, rührte er an dem, was ihnen unantastbar geschienen. Frei und ahnungslos, auf sicherem Boden, waren sie geschritten; er aber ließ sie auf die dunkeln, gurgelnden Wasser der Tiefe unter ihnen horchen, und lehrte sie, in ihr eigenes Leben mit Zweifel und fragenden Augen zu sehen. Leer und haltlos sanken sie ihm zu, als wäre seiner Stärke die Kraft und Tugend aller Dinge zugewachsen, die er in ihnen zerstört hatte.

Im Morgendämmern war er oft erwacht und hatte sich, halb aufgerichtet, über eine geneigt, die neben ihm schlief; als könnte der Schlaf, der alles Gewollte aus den Zügen nahm und sie wahrhaft machte, ihm verraten, ob noch Fremdes, anderes als er, in ihren Gedanken wäre. Wie einer über ein schlafendes unbewegtes Wasser sich neigt, sehnsüchtig, sein eigenes Bild zu sehen, so hatte er sich über sie geneigt, bis es ihm schien, als starrten durch geschlossene Lider seine eigenen ruhlos flackernden Gedanken, verzerrt, mit dem vertraulichen Lächeln Mitschuldiger, ihn an.

Und mehr noch als das; in allem hatte er nur sich gesucht und sich nur in allem gefunden. Sein Schicksal allein erfüllte sich wirklich, und was sonst geschah, geschah weit von ihm weggerückt, wie auf Bühnen, Gespieltes, das, wenn es von andern erzählte, nur von ihm zu reden schien; nur das wert, was es ihm zu geben vermochte: Schauern und Rührung und ein flüchtiges Lächeln. Hochmütig hatte er sich von den andern geschieden, die für ihn spielten, und nie gedacht, dass das Leben - ein starker Gebieter - hinter ihn treten und ihn fassen und drohend ihm zuherrschen konnte: ›Spiel mit!‹

Ein schwarzer dürrer Ast fiel vor Paul zu Boden. Über ihm in den Bäumen ging der Wind. Unbewegt blieb die starre Linie der gleichgestutzten Wipfel. Nur wenige überragende schmächtige Zweige fasste der Wind und schüttelte sie; dahinter war das erlöschende kalte Grau des herbstlichen Abendhimmels. Schwarz und trostlos schienen die Zweige darüber hinzutreiben, wie wirres schwarzes Stirnhaar einer Wahnsinnigen, vom Wind erfasst, über fahle verstörte Wangen und Schläfen treibt.

Pauls Blick glitt von den Wipfeln der Bäume zu der

Bank, auf der die beiden Frauen gesessen hatten, zu den grauen Urnen, die den Platz umsäumten, zu dem runden Wasserbecken, aus dem der Fischleib der steinernen Frau sich hob; das Haupt zurückgelehnt, mit erhobener Hand ihre Stirne beschattend, starrte die aus leeren Augen zu einem unbewegten bleiernen Himmel auf.

Mehr, als bloß entlaubte Bäume und gemeißelter grauer Stein und stehendes dunkles Wasser und Wind und graue Wolken, schien ihm dies alles; über seinen eigenen Sinn hinaus wies es noch auf anderes: Es bedeutete. Unverhüllt, aus nicht lügenden Augen, sah eine Erkenntnis ihn an. Gleichgültiges, das er sonst übersah, hatten seine Gedanken umklammert, und daran emporwuchernd, schlugen sie nach rückwärts Wurzeln in Vergangenes, und rankten zu Kommendem weit in die Zukunft.

Und wie herausgehoben aus der Reihe der fliehenden Stunden, schien diese Abendstunde stillzustehen; alle früheren Stunden nur ein Weg zu ihr, und sie selbst eine hochaufgerichtete Pforte, vor der er noch einmal, abschiednehmend, nach rückwärts sich wandte. Denn vor ihm tauchte aus Dunklem und Verworrenem ein neues Leben, leuchtend, wie in Märchen, im Morgenlicht, die große ersehnte Stadt erstrahlt, zu der man durch Wunder und Gefahren gewandert ist, weil in ihr alle Rätsel sich lösen und Langverheißenes sich erfüllt. Und hinter sich sah er das Leben, das er bis jetzt gelebt, versinken; immer rascher und tiefer. Jahre weit, so tief unter ihm schien es zu liegen, dass er mit einem Blick, fremd und unbarmherzig es übersah, als hätte ein anderer, den er nicht liebte, es gelebt.

Ein Ungerechter, der allem das Recht auf ein eigenes Schicksal abgesprochen hatte. Vor dem alles, wonach er griff, gewichen war; zwischen seinen Fingern verlor es seine Körperlichkeit, zerrann und flachte sich zum Bild, in einem dunkeln Spiegel, aus dem Zweifel und Fragen und unruhig flackernde Gedanken widerstrahlten. Rings um sich hatte er Einsamkeiten gelegt, und in ihnen war er umhergeirrt wie einer, der, in Wüsten verloren, endlos im Kreise den eigenen Spuren folgt. Alle Brücken, die zu ihm führten, hatte er gesprengt, allen Anteil, der ihm an Lebendem und Gewesenem und Kommendem gebührte, hatte er hochmütig verfallen lassen. Nur sein Schicksal war wirklich; in den engen Rahmen seines einsamen Lebens war jedes Glück und jede Erfüllung gezwängt; von nirgends konnte Hilfe kommen; mit ihm alterte alles, alles starb seinen Tod, und alle Gestirne erloschen mit ihm.

So war er gewesen. Und eine Abendstunde konnte solche Klarheit ihm bringen, und ihr Licht über sein Leben werfen und von allem Früheren ihn scheiden?

Ein Wort nur hatte sich herabgesenkt, und aller Glanz ging von dem einen aus: ›Gerechtigkeit‹.

Ungläubig wie die anderen hatte er sie immer von neuem bewiesen haben wollen. Glaubhaft wie die Sonne, sollte sie täglich ihren Lauf vollenden, leuchtend an jedem Morgen aufsteigend, und golden das Ende jedes Tages und jedes Lebens segnend. Sie aber - die Herrin war über allen Sonnen - war anders. Einmal am Urbeginn hatte sie ihr Gesetz verkündet - ein einziges

Wort vielleicht, das alles enthielt und ehe es noch verklungen und sein Schall an schon darin gesetzten Grenzen angelangt war, hub es zu wirken an: Zur Tiefe wollten alle Wasser, alle Feuer lechzten nach oben, und nach Gesetzen hoben sich aus verhüllten Nebelmeeren alle Keime, und wurden, und waren, und waren gewesen, und verwesten zu neuem Sein.

Gerechte Wege ging alles; ein jedes das Gesetz erfüllend, das ihm vorgeschrieben; das in seinem Samen schlief, keimend erwachte, unerkannt sein tiefster Wille war, und erkannt die Vollendung seiner Schönheit. Und Unrecht konnte nicht geschehen; denn Irdischem war nicht die Macht gegeben, Gesetze zu beugen, die in der buntverworrenen Vielfalt des Geschehens, herrlich, klar, einfältig, geboten.

Ein Gesetz war im Sturz des Felsens, der zermalmte, wie im prunkenden Wurf der Falten eines Krönungsmantels, und dem sanften Fall des Haars über die Schläfen einer geliebten Frau; was dem Wind gebot, der den Baum zerbrach, gebot dem Wehen des Schleiers um einen Nacken, dem geblähten Segel, das trunken von rauschendem Wind wild über dunkles Wasser fuhr, und befahl den Tönen, die aus dem Schweigen geheimnisvoll sich schwangen, aufwuchsen, sich wölbten und, einander tragend, zu einem Schicksal sich türmten.

Und es geschah nicht Unrecht. Nicht dem Strom, dem Felsen den Weg versperrten, und den Felsen nicht, gegen die, rastlos sie zernagend, Fluten sich warfen. Unaufhaltsam, nach eingeborenen Gesetzen, entrollten sich ihre Lose, und was Unrecht schien, war nur der

Knoten, zu dem gerechte Lose, das Leben flechtend, sich verschlangen.

Denn was einer auch lebte, er spann nur am nichtreißenden Faden des großen Lebens, der - von andern kommend, zu andern - flüchtig durch seine Hände glitt, ein Spinner und, wie sein Leben sich mit hineinverflocht, Gespinst zugleich für die nach ihm. Unlöslich war ein jeder mit allem Früheren verflochten. Gedanken vieler Toter, wie durch Zauber in Worte gebannt, lebten noch und waren Herrscher über ihn; Taten eines Helden bargen sich in einem Namen - einem Kind gegeben, war er Verheißung und Last zugleich; schmachvolle Geschicke durften nicht in Vergessenheit sich flüchten und mussten als Gleichnis auf unseren Lippen leben; Schauer, die wir nicht begriffen, rührten an uns; unserem Blut aus Geschicken der Vorfahren vererbt, waren sie von längst verendeten Stürmen die letzte Welle an entfernten ruhigen Küsten; eine Frucht, die uns labte, konnte in fremde Schicksale uns verstricken; stieg nicht ihr Duft und ihre Süße aus dunkeln Wurzeln, die weiterästet tief in die Erde sich bohrten? Scharfes Eisen, das getötet hatte, umklammerten sie vielleicht, wuchsen durch goldene Reife, um deretwillen es geschehen, und schwollen safterfüllt an, gemästet an Verwesendem.

Keiner durfte für sich allein sein Leben leben. Er sprach; und ein Wind fasste sein Wort und trug es und senkte es in ein fremdes Leben, in dem es keimte und aufwuchs, es zersprengend vielleicht, und vielleicht ihm reiche Frucht und Segen schenkend. Er ging; und sein Schatten fiel über den Weg und deckte mit Dunkel ein

Kleinod, das sonst andere gelockt hätte. Er schwieg; und Stimmen wurden vernehmlich, die sonst der Schall seiner Worte übertönt hätte. Er stand regungslos; und unter seinen Sohlen starben Keime erstickt, weil er nicht weitergeschritten war. Er wich vom Weg, um allein zu gehen; und zur vorbestimmten Zeit fand er ein fremdes Schicksal harrend sitzen, dem sein Kommen längst verheißen war.

Nicht bloß das, was dürftig, eingeengt zwischen Geburt und Tod, dahinrann - leicht übersehbar auch für blöde Augen - war das Leben eines jeden; im Leben anderer war er vieles: Unwissend vielleicht ein Mörder, und vielleicht ein Vollstrecker gerechter Sprüche; Erbe und Diener der Gedanken vieler Toter, und einer, der, selber arm, Schätze für Kommende häufen musste. Leiden fielen über Schuldlose, bis sie gequält aufschrien; denn ihr Schrei war bestimmt, andere zu wecken und ein Führer für irrende Seelen zu sein. Einen König trieb es, eine verwaiste Bettlerin, die ihn nicht liebte, aus dem Staub zu heben, und seine Macht und Hoheit, nach der sie nicht verlangte, und die stolze Sehnsucht seiner Träume, die ihr fremd war, um ihre dürftigen Kinderschultern zu hängen; und er lebte sein Leben in ihren Diensten, und breitete seine Siege wie einen Teppich zu ihren Füßen, und nannte sein Tun, das er selbst nicht fasste, ›Liebe‹ - unwissend, dass er nur auserlesen war, Verheißungen und den Segen einer sterbenden Mutter an ihrem Kinde zu erfüllen.

Vieles lebte ein jeder so. Und der dies ahnte, sah sein Leben nicht mehr nutzlos, rasch, wie Gras auf den Dächern dahinwelken, und pries nicht die glücklich, die jung gestorben waren.

Viele Tage ersehnte er sich; kein Tag dem andern gleichend, und jeder von vielem erfüllt: Von Licht und Dunkel und Farben, die sich vermählten und erblichen, von Lauten, ringsum ertönend und aus ihm selber klingend; von labenden Früchten, von rauschenden Wassern und ihrer Kühle, von lebenspendenden Strahlen, von sturmbeladenen Winden, und vom Duft der Erde. Und immer um ihn: die Weite der Welt und ihre Fülle und sein Wissen davon. Rings um ihn Leben-Atmendes: Mensch und Tier und Sprießendes und Gestein - alles gleich rätselvoll und stumm und nichts von sich verratend. Und aller Geschicke von weither wallend, gierig zu einander den Weg zu finden und, in ruhlosem Wogen flüchtig einander vermählt, vergängliche Lust und nicht ewig lebende Schmerzen wie versickernden Schaum an den Strand schleudernd, und in dies alles, er, mitten hineingeworfen, mit bereiten Sinnen sich darin badend, ganz darein getaucht, geschüttelt von den Schauern des Erkennens und denen des Nichtverstehens!

Und über dem Leben seiner Tage war ein zweites - das seiner Nächte - gewölbt. Aus allen Früchten des wachen Lebens war der Saft in Träume so gepresst und gedichtet, wie die Taten vieler Jahre in ein Lied, das man zu singen anhebt, wenn es dämmert, und das zu Ende ist, ehe es Nacht geworden. Träume lösten alle Schwere des Lebens von den Sohlen; keine leeren Stunden gab es, die nur Brücken zu erhofften reicheren waren, und Jahre wogen nur das, was sie werteten. Der träumte, schuf eine Welt und setzte in sie, nur was für ihn bedeutete; von ihm gesteckt, waren die Grenzen ihrer Himmel und ihrer Erden, allwissend war er in ihr, und alles wusste von ihm. Nicht unterjocht von Zeit und Raum, freier als das Leben der Tage, lebten Träume; und reicher und süßer und grausamer und mit prunkenderer Macht als das Leben, durften sie ihre Herrschaft üben, denn wie ein junger weiser Richter saß jeder helle Morgen über dem wirrverflochtenen Tun und Leiden nächtlicher Träume zu Gericht, Verknüpftes lösend, und lächelnd alles wieder einsetzend in seinen vorigen Stand.

Aber so sehr über das Leben seiner Tage und Nächte erhöht, wie Musik über einsame Töne, war ein drittes Leben - das seiner Ahnungen; schwerlos über den beiden Leben schwebend, und doch wieder in sie eingesprengt wie edles Erz in schlichtes Gestein; in Träumen manchmal nahend, und stark genug, aus Alltäglichem zu reden; wie fremde Hände von außen an ihn rührend, und in ihm pochend wie sein eigenes Blut.

Und dies gab ihm diese Abendstunde: Nicht wie ein einsamer Ton, ins Leere, verhallte sein Leben. Verschlungen in ein großes, von Urbeginn gemessenes, feierliches Kreisen, trieb sein Leben, mitdurchtönt von ewigen Gesetzen, die durch alles klangen. Kein Unrecht konnte ihm geschehen, Leiden waren kein Verstoßensein, und der Tod schied ihn nicht von allem. Denn, vermählt mit allem, allem notwendig und allem unentbehrlich, war jede Tat vielleicht ein Amt, Leiden vielleicht Würden, und der Tod eine Sendung vielleicht. Und der dies ahnte, vermochte, ein Gerechter, durchs Leben zu schreiten; nicht sich betrachtend, sein Blick ins Weite gerichtet, als Greis noch helläugig, zum Staunen bereit, wie ein Kind. Wie Heiliges waren Leib und Seele ihm behütet; seine Füße sicher, nicht benetzt von Blut und Schmutz; wenn er hindurchschritt, stand es wie eine Mauer zu seiner Rechten und Linken. Angst war ihm fremd; denn woran er schlug - an Verschlosseneres als Felsen - Recht brach für ihn daraus hervor wie sprudelndes Wasser, und Gerechtigkeit wie ein nicht versiegender Bach.

Langsam schritt Paul zwischen schwarzen dürren Hecken den Weg zurück, den er hierher gegangen war. Er war müde; seine Kehle war trocken und heiß, als hätte er lange geredet: Aber ausgeruht und kühl fühlte er seine Schläfen und Augenlider, über die der Abendwind strich. Vor ihm her trieb der Wind abgefallene buntgefleckte Blätter und wehte sie an die Sockel der steinernen Götterbilder am Weg. Zu Haufen geschichtet, lag dort das Laub, wie das fahle blutiggetigerte Fell eines geopferten Tieres.

Paul sah hin; irgend einmal im Herbst hatte der Anblick solchen Laubes stark an ihn gerührt; sein Empfinden bewahrte noch die Erinnerung, aber seine Gedanken wussten nichts mehr davon. Irgendetwas hatte es damals ihm bedeutet. Etwas, wie eine Antwort auf vieles, Oftgefragtes. Achtlos konnte er jetzt daran vorbei; aber einmal hatte daraus irgend ein Erkennen, unverhüllt, mit nichtlügenden Augen auf ihn gesehen. Gedanken waren damals in ihm aufgewacht und, jubelnd über ihre eigene Kraft, unaufhaltsam emporgestiegen - irgendwohin, wohin er nicht wieder den Weg fand. Was damals in ihm gewesen war, schien ihm so unwiederbringlich verloren, als hätte eine Übermacht es aus seinem Innern gerissen und, für immer unerreichbar, über die Erde hinaus, in den Weltenraum geworfen.

Etwas, was einmal sein gewesen, hatte so verlorengehen können, dass er auch nicht mehr wusste, was er verloren? Was ihn einmal so sehr erschüttert hatte, von jeher und für immer unverlierbar, hätte es doch in ihm ruhen müssen. Was war noch sicher, wenn sein eigenes tiefes Empfinden ihn so verraten hatte? Konnte dann nicht auch für alles, was er jetzt - in dieser Abendstunde - als seinen einzig wirklichen inneren Besitz fühlte, eine andere Stunde kommen, in der es wertlos hinter ihm ins Leere versunken war? So gelöst von ihm, dass auch nicht mehr die Erinnerung daran überlebte.

Oder hatte das, was er damals empfunden hatte, in Wahrheit gar nicht ihm gehört? War es vielleicht aus vielem, das ihn fremd umgab, an ihn nur herangeweht worden? Und nur, weil er leer war, hatte es in ihm keimen und vergänglich sich entfalten können?

Aber woran wollte er erkennen, dass das Schicksal früherer Stunden nicht auch dieser Abendstunde bereitet war? Das Erkennen, das sie ihm gegeben, hatte er ›Gerechtigkeit‹ genannt und wie ein schützendes Schild und Wappen über seinem Leben aufgerichtet. Aber wusste er denn, ob nicht auch dies aus vielem, das ihn fremd umgab, nur herangeweht an ihn war? Aus dem Erinnern an einen Traum, aus dem Schatten fremder Frauen, der über ein dunkles totes Wasser fiel, aus Wolken und dem Abend und dem Wind? Welches

Zeichen war ihm denn gegeben, dass dies nicht vergänglich in ihm war, dass es ihn nicht verlassen konnte, dass er sich dessen sicher fühlen durfte, dass es - wie das Blut in seinen Adern - immer ihm, und nur ihm gehörte?

Manches - er wusste es - konnte anders werden; die Tage seines früheren Lebens, die er jetzt verächtlich, hasserfüllt verwarf, konnte ein späteres Erinnern milde wieder emporheben, und - um ihrer Schönheit willen ihnen verzeihend - gerührt und lächelnd, sie ›Jugend‹ nennen.

Aber, was diese Abendstunde ihm gegeben, blieb; immer in ihm und nur in ihm; dem Blut in seinen Adern nicht bloß vergleichbar - sein Blut selbst, das zu ihm geredet hatte; und darauf zu horchen, hatte diese Stunde gelehrt.

Denn über dem Leben derer, deren Blut in ihm floss, war Gerechtigkeit wie eine Sonne gestanden, deren Strahlen sie nicht wärmten, deren Licht ihnen nie geleuchtet und vor deren blendendem Glanz sie dennoch mit zitternden Händen, ehrfürchtig ihre leidenerfüllte Stirne beschatteten.

Vorfahren, die irrend, den Staub aller Heerstraßen in Haar und Bart, zerfetzt, bespien mit aller Schmach, wanderten; alle gegen sie, von den Niedrigsten noch verworfen - aber nie sich selbst verwerfend; nicht, in bettelhaftem Sinn, ihren Gott ehrend nach dem Maß seiner Gaben; in Leiden nicht zum barmherzigen Gott - zu Gott dem Gerechten rufend.

Und vor ihnen viele, deren Sterben ein großes Fest, anderen bereitet, war. Rings um sie Feierkleider, das

Leuchten edler Steine, flatternde Fahnen und Prunk und der Hall von Glocken und der Gesang vesperlicher Hymnen, und auf allem ein Widerschein von sinkender Sonne, und Flammen, die königliche Hände entfacht, sie selbst an Pfähle geschnürt, das Feuer erwartend, schuldlos Sünden sich erdichtend und ihre Qualen ›Strafe‹ nennend, nur dass ihr Gott ein Unbezweifelter, Gerechter, bleibe.

Und hinter ihnen allen ein Volk, um Gnaden nicht bettelnd, im Kampf den Segen seines Gottes sich erringend; durch Meere wandernd, von Wüsten nicht aufgehalten, und immer vom Fühlen des gerechten Gottes so durchströmt wie vom Blut in ihren Adern: ihr Siegen - Gottes Sieg, ihr Unterliegen - Gottes Gericht, sie selbst sich bestimmend, von seiner Macht zu zeugen, ein Volk von Erlösern, zu Dornen gesalbt und auserwählt zu Leiden. Und langsam ihren Gott von Opfern und Räucherungen lösend, hoben sie ihn hoch über ihre Häupter, bis er, kein Kampfesgott von Hirten mehr - ein Wahrer allen Rechtes - über vergänglichen Sonnen und Welten, unsichtbar, allem leuchtend, stand.

Und von ihrem Blute war auch er.

Am Rande des Neptunbrunnens stand Paul still. Über der steinernen modergrünen Rückwand schien das Schwarz des Tannenhintergrundes zu einer Höhle sich zu vertiefen, aus der steinerne Hippocampen sprengten. Braune Blätter lagen wie eingewebt in dem dünnen zerknitterten Schleier, zu dem die Oberfläche des Wassers zu erstarren begann. Von den großen Goldfischen in der Tiefe drang nur ein matter roter

Schein durch das Dunkel nach oben. Nur kurze Zeit - Minuten - waren vergangen, seit er hier an derselben Stelle gestanden hatte; aber wenn er daran dachte, schien es weit hinter ihm, wie längst Vergangenes, zu liegen. Damals hatte er sich abgemüht, um das zu finden, woran ihn der Teich und die Fische erinnerten. Mit gierig schnappenden Lippen hatten die sich ans Ufer gedrängt und dann satt sich sinken lassen, bis sie nur wie große Blutstropfen aus der Tiefe schimmerten. Nun wusste er, welche Erinnerung sie in ihm geweckt hatten. An einen Traum, der selbst wieder mit Träumen und Zweifeln und Sehnsucht und Erinnerungen und gespiegeltem Leben reich und prunkend beladen gewesen war. In der Augustnacht hatte er ihn geträumt, in der Georg gestorben war. Er dachte daran, wie er Georg zuletzt gesehen; am Nachmittag vor jener Nacht; denn was er dann später im Sarg gesehen, war ja nicht mehr Georg. Kühl und sonnenlos war jener Nachmittag gewesen. Durch das offene Fenster sah man den Regen wie einen unablässig gleitenden grauen Schleier nach unten sinken. Georg hatte dem Fenster den Rücken gewandt, und hell umrandete das Licht seine Wangen, die braungebrannt von der Sonne waren. Seine Augen waren im Dunkel; aber an den Schläfen und dem Ansatz der Wangen war ein leichter heller Flaum, wie auf Früchten, die die Sonne gereift. Voll und ruhig ausschwingend, klang Georgs tiefe Stimme, leise umschwirrt von dem laurieselnden Regen, wie von einem fernen Flügelrauschen endlos hinziehender Vogelschwärme. Sie sprachen von fast gleichgültigen Dingen; aber wenn

Georg den Kopf leicht zur Seite wandte, fiel Licht auf seine Lippen. Dann sah Paul die ruhigen gütigen Linien seines Mundes, die er lange kannte. Und gleichgültige Worte, die Georgs Lippen formten, lösten sich von ihnen und sanken schwer, vollgesogen von Weisheit und Güte.

Wohin war das alles gegangen? Und vieles andere mit, von dem niemand wusste. Denn der Blick seiner Mutter, der, anschwellend von Liebe, oft auf ihm geruht hatte, hatte vielleicht in Georgs Gütigsein noch weiter leben dürfen; und in den dunkeln Wellen seines Haares hatte vielleicht noch die Spur der Hand gelebt, die sorgenvoll oft über widerstrebende Kinderlocken geglitten war. Das alles war jetzt auch gestorben.

Paul schritt langsam dem Ausgang zu. Er hatte Georg lieb gehabt; und jetzt blieb von seinem Empfinden nichts als eine Erinnerung, über die Trauer nur wie ein leichter Schleier gebreitet war. Um Georgs Tod hatten quälend seine Gedanken sich gerankt und, ohne seinen Willen, war für ihn daraus etwas erwachsen, was seinem Leben Zuversicht gab. Er mochte den Gedanken nicht zu Ende denken; aber wusste er denn, für wen er selbst leben musste und für wen zu sterben ihm wiederum bestimmt war?

Paul trat durch das Gittertor des Schlosshofes ins Freie. Es war dunkel geworden. Er schritt längs der niederen Wirtschaftsgebäude, die den Park umgrenzten, der Stadt zu. In den dichten weißlichen Nebel drang langsam schwarzer Qualm, der zwischen Erdwällen und geschichteten Pflastersteinen aufquoll. Arbeiter standen bis zu den Hüften im Boden. Er sah nur die Umrisse der Grabenden, die Linie der vielen gebeugten Nacken und Rücken und der Arme, die, aus dem Boden wachsend, Spitzhauen schwangen und schmetternd niederfallen ließen. Manchmal fiel von unten ein roter, flackernder Feuerschein verzerrend über die Gesichter. Ein Trupp abgelöster Arbeiter, ihr Werkzeug auf den Schultern, ging mit schweren Schritten vor Paul einher und nahm die Breite des Weges ein. Sie sprachen miteinander in einer fremden Sprache, die Paul nicht verstand.

Er war zu müde, um rascher zu gehen und sie zu überholen. Langsam ging er hinter ihnen, unbewusst in den schweren Takt ihrer Schritte verfallend.

Wie dicht der Nebel war und wie weit die Stadt lag! Aber durch alle Müdigkeit hindurch empfand Paul Ruhe und Sicherheit. Als läge eine starke Hand beruhigend und ihn leitend auf seiner Rechten; als fühle er ihren starken Pulsschlag. Aber was er fühlte, war nur das Schlagen seines eigenen Bluts.